용수 스님의
사자

용수 지음

용수 스님의 사자

소리에 놀라지 않는 사자처럼

스토리닷

목차

마음의 평정을 찾으세요

처음에는 '곰(티베트말로 명상)'으로 깨어있음과 선한 마음에 익숙해지려고 했어요. 길들지 않은 검은 마음의 코끼리를 조금 더 하얗고 착한 코끼리로 만들려고 했어요. 이제 소리에 놀라지 않는 사자처럼 마음의 평정을 찾았어요. 아직 멀었지만 곰과 함께하여 코끼리를 타서 사자가 되는 과정이 너무나 뜻깊은 여정입니다. 덕분입니다.

아침마다 마음의 경험을 글로 풀어서 여러분들과 함께 나눌 수 있는 게 심리 상담처럼 저에게 치유가 되었어요. 여러분도 저도 고민하는 것을 글로 밝혀서 스스로 깨우치게 하는 게 저에게 주어진 역할인 것 같아요. 자신에게도 타인에게도 작게나마 도움이 된다는 게 영광이에요. 티베트불교의 광범위한 마음공부의 가르침을 바탕으로 핵심을 담아 모은 글들이 이제 3부작이 되었어요. 도움이 되기를 바랍니다.

삶에게 'Yes' 하세요

행복으로 살아요

명상은 행복해지는 것보다 우리의 근본적인 행복과 연결하는 것이라고 생각합니다. 우리의 참본성은 이미 행복하고 평화롭습니다. 참본성의 행복으로 사는 것을 배워야 합니다. 본성의 지혜로 사는 것을 배워야 합니다. 본성의 사랑으로 사는 것을 배워야 합니다. 명상은 깨달음으로 가는 것보다 깨달음을 표현하는 것입니다.

깨달음을 보호하는 것입니다. 깨달음 자체가 도입니다. 어떻게 본성의 빛으로 살 수 있을까요? 생각 없는 알아차림을 유지하는 것을 배워야 합니다. 순수 알아차림은 자유와 지혜와 자비로 갖추어져 있습니다. 다르게 표현한다면 몰라도 되는 마음입니다.

무엇을 알아낼 필요 없고
무엇을 해결할 필요가 없고
바라는 게 없고
두려워하는 게 없는
개념화하지 않는

온전히 깨어있고

온전히 살아 있고

온전히 지족하고

온전히 쉬고 있는

마음입니다.

편안하면서 깨어있는

마음자리에서 벗어나지 않도록 하세요.

행복하기 위해 살지 마세요.

행복으로 사세요.

사랑하기 위해 살지 마세요.

사랑으로 사세요.

사람들은 어리석어요

사람들은 어리석습니다. 어리석은 사람을 고치려고 하는 것이 정말 어리석은 행동입니다. 불필요한 고통을 만들고 자신만 다치게 됩니다. 어리석은 사람과 엉키지 않는 것이 최선입니다. 돕고 싶더라도 도움이 되지 않습니다. 친절하게 대하되 가까이 하지 마세요. 의도는 좋더라도 결과가 좋지 않습니다.

어리석은 사람을 돕지 않는 것은 무관심이 아니라 지혜입니다. 엉뚱한 관심으로 자신의 삶을 망칩니다. 우리는 다른 사람을 바꿀 수 없고 크게 도움이 되지 못해요. 우리가 할 수 있는 것은 자신의 고집을 내려놓고 어리석은 사람을 나쁜 사람으로 만들지 않고 미워하지 않는 것입니다.

세상에는 부당한 일이 너무 많아요. 어떻게 다 고칠 수 있겠어요? 안타깝지만 어쩔 수 없다는 상황을 받아들여야 할 때도 있어요. 마음의 평화를 찾으세요. 마음의 힘을 찾으세요. 자신의 중심과 행복을 찾으세요. 이것이 사회를 돕는 일이에요. 환경을 돕는 일이에요. 세상을 돕는 일이에요. 자신이 행복하면 저절로 다른 사람과 사회를 돕게 됩니다. 이것이 회향의 의미입니다

말실수를 하는 이유

말실수를 하는 이유는 자제를 못 하기 때문입니다.

감정이 실린 말을 하고 싶을 때 조금만 기다려 보세요.

하루가 지나면 말하지 않은 것을 다행이라고 여길 겁니다.

문자도 마찬가지고요.

잘 모를 때 기다려 보는 습관을 길러 보세요.

자제력을 키우고 말실수를 예방하게 됩니다.

세상에서 가장 먼 거리

본성으로 살아야 합니다. 본성으로 산다는 것은 감感으로 사는 것을 의미합니다. 머리로 살지 않고 직관으로, 가슴으로 사는 것입니다. 머리는 잘 모릅니다. 티베트어로 미신과 생각은 같은 말입니다. 현대인들은 상기上氣된 상태로 머릿속에서 살고 있습니다. 모든 것을 생각으로 해결하고 계속 생각을 굴립니다.

그래서 머리 아프고 귀에서 소리가 납니다. 단전호흡이나 요가에서 하는 정뇌호흡 같은 운동이 도움이 많이 됩니다. 티베트 명상은 이런 호흡 수련과 함께합니다. 생각이 나쁘다는 것은 아닙니다. 생각에 집착하는 것이 좋지 않습니다.

본성으로 산다는 것은 집착 없이 사는 것을 배우는 것입니다. 에고의 작동은 붙잡는 것입니다. 안이비설신으로 붙잡는 거친 대상부터 생각과 감정까지 집착하는 것이 에고가 하는 일입니다. 생각에 빠져서 사는 것이 윤회와 고통의 의미입니다.

생각으로부터 벗어나고 본성과 연결하는 방법은 릴렉스, 내려놓는 것, 명상입니다. 앉아서 좌선하는 것이 명상이 아닙니다. 아집을 내려놓는 것이 명상입니다. 머리에서 가슴으로 이사 가야 합니다. 짐 싸서 가세요. 세상에서 가장 먼 거리입니다.

나는 배우다

인생은 연극이며 나는 연기자입니다. 친절하고 따뜻하고 열려 있고 자비로운 보살이 내 역할입니다. 실제 그런 성품이 없더라도 내 역할에 충실할 것입니다.

삶은 드라마일 뿐이며 우리 모두는 환영의 무대에 선 연기자예요. 악역을 하는 것보다 영웅의 역할을 하는 게 낫지 않은가요. 해가 되는 것보다 도움이 되는 것이 낫지 않은가요. 찡그린 얼굴보다 웃는 것이 낫지 않은가요. 불친절한 것보다 친절한 연기가 낫지 않은가요. 세상에는 악인이 필요 없어요. 영웅 보살이 필요합니다.

그리하여 찡그린 얼굴, 불평불만, '나'에 대한 모든 이야기를 치워 버리고 중생의 해탈과 행복을 구하는 진정한 벗의 역할을 연기할 것입니다. 참된 보살의 성품은 없지만 타인을 위하여 연기는 잘할 거예요.

나는 배우입니다. 오늘이 나의 무대이며 자비심이 제가 할 연기입니다. 모두가 좋아하는 해피엔딩을 위하여 내 역할을 잘할 것입니다.

생각을 바라보는 법

생각을 대상으로 하는 명상이 매우 효율적이고 핵심적인 명상입니다. 생각을 바꾸는 것보다 생각을 대하는 방식을 바꾸는 것입니다. 생각과 인연, 생각과 관계를 바꾸면 생각들도 좋아지고 마음이 열리고 유연해집니다.

처음에는 외적 현상(안이비설신)에서 깨어나고 그리고 내적 현상(생각과 감정)에서 깨어나는 것입니다. 명상의 힘이 조금 있는 분에게는 생각명상을 추천합니다. 방법을 소개합니다.

처음에는 아무 생각이나 하나 하고 생각한 그 자리를 알아차립니다. 생각을 기다리듯이 그 자리에 머뭅니다. 일어나는 생각을 담담하게 지켜봅니다. 좋은 생각이든 안 좋은 생각이든 구별하지 않는 것이 핵심입니다. 쉽게 말하자면 좋은 생각은 당기고 안 좋은 생각은 밀어내는 밀당이 없어야 합니다.

마음의 자연 상태에서 안주하면서 의도 없이 일어나는 생각을 대상으로 삼는 것입니다. 생각을 알아차리는 방법은 오감의 대상을 알아차리는 것과 똑같습니다. 호흡을 바라보듯이 생각을 바라보는 것입니다. 생각을 바라보면 생각이 가라앉습니다.

생각이 가라앉으면 작은 해탈을 경험합니다. 일어나고 가라앉는 것을 지켜봅니다. 알아차림으로 생각의 거품을 터지게 하는 것입니다. 생각이 알아차림의 음식인 것처럼 삼키는 것입니다.

생각이라는 대상을 알아차림의 총으로 쏘는 것과 같습니다. 생각을 해탈시키는 것입니다. 생각을 해탈시킬 수 있는 만큼 마음에 힘이 있는 것이며 생각에 끌려가는 만큼 마음에 힘이 없는 것입니다. 명상이 깊어질수록 생각이 느려지고 얌전해지고 착해집니다.

이와 같이 명상의 힘을 알 수 있습니다. 생각을 알아차리는 연습을 하다 보면 결국 생각하는 주체, 바로 순수자각을 알아차리게 됩니다.

인간이 되는 화두 8가지

자신의 허물을 밝혀라. 널리 알려라.

가난함(간소한 삶)을 자발적으로 가져라.

자발적으로 손해를 받고 이익을 남에게 주라.

두려운 것을 하고 두려운 곳을 가고 두려움을 직면하라.

집착하는 사람은 마음으로 놓아주고 집착하는 물건은 남에게 주라.

한계를 늘려라. 할 수 있는 것보다 조금 더 해 봐라.

돕기 싫은 사람을 돕고 용서할 수 없는 사람을 용서하라.

하기 싫은 것을 하고 불편함을 만나라.

그럼 인간이 될 것이다!

남의 말을 잘 듣는 법

사람의 말을 듣는 것보다 마음에 귀를 기울여 보세요. 무엇을 하려고 하는지 상대방의 동기를 살피세요. 언어에만 성급하게 응하지 말고요. 말에만 매달려서 남의 이야기를 잘못 해석하는 경향이 있습니다.

언어가 중요하지 않습니다. 우리에게 전달하고 싶은 마음이 중요합니다. 대체로 사람들은 소통을 잘 못합니다. 언어 사이사이에 있는 의미를 살필 줄 알아야 합니다.

그리고 남의 말을 항상 나와 관계있는 말처럼 받아들이는 경향이 있습니다. 자기만 생각하는 입장에서 벗어나서 상대방의 입장을 생각해 보세요.

스스로에게 물어보세요. '상대방이 나에게 전하고 싶은 마음이 무엇인가?' 이렇게 살펴보면 상대방의 동기가 보입니다. 상대방의 마음을 이해하면 바르게 응할 수 있습니다. 말의 형태에서 핵심을 놓치지 마세요. 그러면 남의 말을 잘 듣고 소통할 수 있습니다.

수행의 기회

인색한 마음이 일어날 때가 보시할 수 있는 기회입니다.
미움이 일어날 때가 사랑을 배울 수 있는 기회입니다.
낙담이 일어날 때가 용기를 배울 수 있는 기회입니다.
짜증이 일어날 때가 자제를 연습할 수 있는 기회입니다.
싫은 사람과 같이 있을 때가 자비를 배울 수 있는 기회입니다.
불쾌함이 일어날 때가 내려놓는 연습을 할 수 있는 기회입니다.
화가 날 때가 인욕수행을 할 수 있는 기회입니다.

원치 않은 모든 상황이 가장 훌륭한 수행의 기회입니다. 수행자에게는 좋은 상황보다는 안 좋은 상황이 더 이롭습니다. 좋은 상황은 공덕을 까먹게 하고 오만하게 합니다. 성장하기 위해서는 어려움이 큰 도움이 됩니다. 모든 원치 않은 상황을 기회로 삼아 우리의 혜택으로 돌려 보세요.

날마다 주어지는 훌륭한 기회들을 놓치지 마세요. 일상 말고 다른 곳에서 수행을 찾지 마세요. 프라이팬은 뜨거울 때 닦아야 잘 닦아집니다. 번뇌도 일어날 때가 닦을 수 있는 이상적인 기회입니다

밖을 보지 않고 마음을 보는 것이 방법입니다. 상대방을 해결하지 않고 내 마음을 해결합니다. 좋은 상황을 안 좋은 상황으로 보고, 안 좋은 상황을 좋은 상황으로 보도록 하세요. 이것이 바른 견해이며 수행자의 관점입니다.

생각 & 육바라밀

생각을 집착하지 않는 것이 보시

생각에 끌려가지 않는 것이 지계

생각을 내려놓는 것이 인욕

생각 없는 자각을 유지하는 것이 정진

생각을 해탈하는 것이 선정

생각의 공한 본질을 알아차리는 것이 지혜

바람과 두려움

수행은 행복을 위한 것이 아닙니다. 행복을 바라는 마음을 닦는 것이 수행입니다. 늘 좋은 것만 바라고 안 좋은 것을 두려워하는 습관을 닦는 것입니다. 우리는 바람과 두려움으로 삽니다.

바람과 두려움을 객관적으로 보는 것이 명상입니다. 알아차림이 있으면 바람과 두려움이 마음의 습관일 뿐이라는 것을 알고 실제로 무엇이 좋고 나쁘지 않다는 것을 알게 됩니다. 이것이 지혜입니다.

좋은 일이 있기를, 잘되기를 바라는 마음을 알아차려 보세요. 반면에 운이 다한 것처럼 망한 것 같은 두려움을 알아차려 보세요. 바람과 두려움에 집착하는 것이 윤회를 의미합니다. 늘 우리를 속이고 힘들게 하는 한 쌍의 마군魔軍입니다.

바람과 두려움은 마음의 현상일 뿐이라는 것을 알아보는 게 통찰입니다. 바람과 두려움이 없으면 저절로 행복하고 자유롭습니다. 항상 바람과 두려움을 바람과 두려움으로 알아보도록 하세요. 여기에 지혜와 해탈이 있습니다.

마음의 힘을 키우는 법

몸의 힘을 키우려면 힘든 것을 해야 합니다. 마음의 힘을 키우려면 힘든 것을 해야 합니다. 마음의 힘을 키울 수 있는 16가지 기회를 소개합니다.

- 포기하고 싶을 때 포기하지 않는 것
- 갈등이 있을 때 공평하게 너그럽게 대하는 것
- 다른 사람의 허물을 생각하지도 말하지도 않는 것
- 몸이 힘들 때도 마음이 힘들 때도 불평하지 않고 다른 사람을 친절하게 대하는 것
- 아끼는 것을 남에게 주는 것
- 자신의 잘못을 인정하는 것
- 자신의 허물을 밝히는 것
- 싫어하는 사람의 공덕을 인정하는 것
- 두려워하는 것을 직면하는 것
- 부귀영화를 누리고 있어도 덧없고 허망하다는 것을 아는 것
- 알면서도 모른 척하는 것
- 남을 위해 손해와 피해를 자발적으로 받는 것

- 좋은 일을 하고 아무한테도 말하지 않는 것
- 다른 사람의 무시나 비난에 반응하지 않는 것
- 해를 당하고 생각을 굴리지 않는 것
- 해를 끼친 사람을 용서하고 잘해 주는 것

이런 기회가 있을 때 스스로에게 알려 주세요.

'잘 됐다. 마음의 힘을 키울 수 있는 훌륭한 기회를 놓치지 말자. 습관대로 반응하지 않고 바르게 행할 것이다. 힘든 것을 하자.' 힘든 것의 혜택을 분명히 알고 마음만 먹으면 할 수 있습니다!

명상에 대한 기대를 하지 마세요

좌선의 가장 큰 장애는 명상에 대한 기대와 갈망이라고 할 수 있습니다. 고요함 같은 특별한 명상의 체험을 기대하거나 많이 알아차리려고 하는 갈망이 장애가 됩니다. 알아차리려고 하는 갈망이 마음을 더 초조하게 합니다. 좌선하는 동안 온전히 열려 있고 편안하고 자연스러운 마음의 태도를 가져야 합니다.

일체 갈망과 기대를 내려놓아야 합니다. 생각이 많아도 된다는 태도를 가져 보세요. 알아차림에 대한 강박을 가질 필요가 없습니다. 이런 마음으로 명상하면 마음이 한없이 평화롭고 신기하게 알아차림이 저절로 일어납니다.

명상은
지금 이 순간이 더 나아지기를 바라지 않고
지금 이 순간이 안 좋아질까 봐 두려워하지 않는
마음입니다.

노력 자체가 수행입니다

수행은 번뇌가 없는 것보다 번뇌를 잘 알아차리는 것입니다.
수행자에게는 번뇌가 지혜의 재료입니다.
수행은 자비심이 늘 있는 것보다 자비심(보리심)에 대한 다짐을 보호하는 것입니다.
수행은 산란함이 없는 것보다 산란함을 알아차리는 것입니다.
산란하다는 것을 알 때마다 알아차림의 힘을 키웁니다. 산란함이 알아차림의 재료입니다.
수행은 알아차림이 늘 있는 것보다 알아차리려고 하는 의도를 유지하는 것입니다.
수행은 결과에 집착하지 않고 노력하는 것입니다.
노력하는 데 마음을 두세요. 노력 자체가 수행입니다.

용서하지 마세요

용서를 못 하는 사람이 있으세요? 용서하지 마세요. 미움이 강할 때 용서하려고 하면 더 힘듭니다. 자신의 분노를 인정하고 미움이 일어날 때마다 저절로 올라오고 가라앉게 허용하세요. 화가 나도 괜찮아요. 미움을 허용하세요.

하지만 미움에 빠지지 마세요. 미움을 착한 마음으로 돌리려고 하지 마세요. 감정이 강할 때는 허용하는 것이 최선입니다. 감정을 통과시켜 보세요. 감정에 중요성을 두지 않고 자연스럽게 끝이 나도록 지켜보세요.

유동적이고 일시적인 감정(생각)의 본질을 알아차려 보세요. 감정 자체를 살펴보세요. 감정이 뭡니까? 그냥 일어나는 생각일 뿐입니다. 허공에 부는 바람처럼 어디에도 구체적으로 있지 않고 환영처럼 잠시 나타나지만 비어 있습니다.

저절로 일어나고 저절로 흩어지게 객관적으로 바라보세요. 시간이 지나면 감정이 약해집니다. 시간은 몸의 상처도 마음의 상처도 치유합니다. 시간이 정말 약입니다. 상처에게 시간을 준다는 것은 공간을 준다는 것입니다. 시공時空이 치유입니다. 치유의 시간, 치유의 공간이 필요합니다.

요약해서 말하자면 일어나는 감정을 내버려 두고 조금만 기다려 보라는 겁니다. 감정이 약해지면 자비명상을 할 수 있습니다. 인간답게 대할 수 있고 용서까지 할 수 있습니다.

붙잡는 것과 내려놓는 것

무엇이 우리를 구속하게 합니까?

붙잡는 것입니다.

무엇이 우리를 자유롭게 합니까?

내려놓는 것입니다.

수행은 내려놓는 것을 배우는 겁니다.

붙잡는 만큼 혼란과 고통이 있습니다.

이 순간에 내려놓는 것에 더 많이 내맡길수록

더 많은 자유와 지혜를 누리게 됩니다.

결국 어떤 상황에서도 붙잡을 게 하나도 없다는 것을

알게 됩니다.

내맡김이 핵심입니다.

이것을 배우는 데 한참 걸립니다.

그래서 수행합니다.

바보같이 살지 말아요

- 머릿속에 있는 것을 다 말해 버리는 것. 자신의 모든 의도를 쓸데없이 밝힐 필요 없어요.
- 자신의 이름을 앞세우고 자신을 계속 홍보하는 것. 이런 사람은 욕을 먹고 인정을 못 받아요. 자기만 아는 이상한 사람이 되고 말아요. 자의식이 강하지 않고 겸손한 사람이 행복하고 다른 사람으로부터 인정을 받아요.
- 안 먹고 싶을 때 먹고 하기 싫은 것을 습관적으로 하는 것. 안 해도 되고 안 할 수 있어요.
- 남의 조언을 생각 없이 따르는 것. 무조건 남의 말을 따르지 말고 스스로 잘 결정하세요.
- 남의 일에 끼어드는 것. 엉뚱한 관심으로 오지랖 넓은 사람은 남들도 자신도 힘들게 해요.
- 있기 싫고 안 있어도 되는 자리에 남아 있는 것. 스스로 고문할 이유가 없죠. 친절하게 변명을 대고 일어나세요.
- 다른 사람이 싫어하는 것을 자신의 고집으로 계속하는 것. 알면서 남에게 해가 되면 해가 배로 우리에게 돌아옵니다.
- 규칙에 집착해서 자신의 직관을 무시하는 것. 규칙이 중요

하지만 이 순간에 살아 있는 지혜가 더 중요합니다.

- 다른 사람과 비교하는 것. 비교하면 불행해집니다. 스스로 잘하고 만족하면 되죠.
- 남의 시선을 너무 의식하는 것. 부끄러운 줄 아는 것은 중요하지만 남의 시선에 신경 쓰지 않는 것도 중요합니다. 무엇을 입어도 무엇을 해도 자신 있게 하세요.
- 사소한 것을 위해 큰 손해를 보는 것. 만 원을 아끼기 위해 백만 원을 쓰지 마세요. 작은 것을 희생하고 혜택을 누리세요.
- 고집으로 좋은 기회를 놓치는 것. 하면 좋다는 것을 알면서도 좁은 마음으로 훌륭한 기회를 버립니다. 아집을 버려서 바른 결정을 하세요.
- 계속 참는 것. 참지 말고 내려놓으세요! 바꿀 수 있는 상황은 바꿔 보도록 하고 바꿀 수 없는 상항은 태도를 바꿔서 받아들이세요.

눈치로 의리로 의무로 습관적으로 바보같이 살지 말아요. 내면의 지혜로 살아요. 지혜란 자기가 안다는 거예요. 할 수 있어요. 자신감을 가지세요.

Follow your heart! 가슴을 따르세요.

항상 바른 길로 인도합니다.

그만 & 시작

다른 사람을 판단하고 비판하는 것을 그만하세요.
안으로 자신을 살펴보기 시작하세요.

다른 사람에게 부담을 주는 것을 그만하세요.
다른 사람에게 힘과 도움이 되기 시작하세요.

다른 사람을 고치려고 그만하세요.
자신의 마음을 고치려고 시작하세요.

남 탓 하는 것을 그만하세요.
스스로 책임지기 시작하세요.

부정 불평불만 미움 그만하세요.
사랑 만족 감사 친절 시작하세요.
생각 굴리기 그만하세요.
내려놓기 시작하세요.

Relax and Let it be

후회, 억울함, 죄의식, 분노 때문에 힘드세요?

고통의 유효기간을 짧게 하는 것이 명상입니다.

어떤 감정도 직면하면 오래가지 않습니다.

감정에 빠지거나 감정과 싸우는 양극단의 두 가지 습관이 있습니다.

감정에 빠진다는 것은 생각을 믿고 따라가고 생각을 이어 가는 것을 의미합니다.

감정과 싸운다는 것은 감정을 피하려고 하거나 두려워하거나 감정을 고치려고 하는 것을 의미합니다.

이런 습관적인 반응은 감정의 유효기간을 오래가게 하며 감정에 힘을 부여합니다.

감정을 대하는 세 번째 방식은 양극단의 가운데, 중도이며 명상입니다.

감정을 바르게 대하는 3가지 명상법을 소개합니다.

- 감정 속에 휴식(릴렉스)하는 겁니다. 감정을 허용합니다. 좋아하지도 싫어하지도 않고 일어나는 생각이 힘을 빼는

겁니다. 릴렉스에 마음을 두고 생각을 내버려 둡니다. 내버려 둔다는 것은 외면과는 완전히 다릅니다. 생각이 보이지만 생각에 마음을 팔지 않습니다.

- 호흡을 알아차리고 감정의 생각을 내버려 두는 겁니다. 생각에 중요성을 두는 것이 감정에 힘을 주는 것이며 괴로움의 원인입니다. 호흡이나 소리나 몸이나 어떤 대상을 알아차리고 생각에 신경을 쓰지 않습니다. 알아차림에 중요성을 두는 겁니다.
- 생각을 알아차립니다. 감정과 항상 함께 오는 것이 생각입니다. 생각을 담담하게 지켜봅니다. 생각을 바라보면 생각이 힘없이 가라앉습니다. 생각이 풀립니다.

감정을 다루는 핵심은 허용과 환영입니다. 자연스럽게 일어나고 자연스럽게 가라앉는 것을 허용합니다.

용기를 가지고 이와 같이 감정을 직면할 수 있으면 생각보다 힘들지 않고 오래가지 않습니다. 할아버지가 아이들 노는 것을 보듯이 보고는 있지만 마음을 팔지 않습니다. 이것이 명상입니다!

분노를 반기고
억울함을 환영하고
죄의식을 허용하고

후회를 Let it be 하세요.

Relax and let it be.

이것이 핵심입니다!

그냥 사는 것

진정한 행복을 찾으려면 개념 없이 그냥 존재하고 그냥 사는 것을 배워야 합니다. 이것이 가장 느긋하고 수월한 삶입니다. 불교에서 말하는 지혜는 개념에서 벗어난 마음자리를 의미합니다. 여기에 익숙해져야 합니다.

아이에게 '이것이 꽃'이라고 가르쳐 주는 순간부터 그 아이는 꽃을 다시 보지 못합니다. 꽃의 아름다움을 꽃이라는 개념이 가리기 때문입니다. 있는 그대로 보고 있는 그대로 듣고 있는 그대로 받아들이는 것이 명상입니다.

자연환경을 그저 만끽하고 맛있는 음식을 그저 먹고 오감의 즐거움을 개념 없이 누려 보세요. 수행의 결과는 개념이 없어지고 단순해지는 겁니다. 생각이 많이 없어요. 동시에 마음에서 평화가 떠나지 않아요.

개념을 지을 필요가 없다는 거예요. 구체화할 필요가 없다는 거예요. 모든 것이 늘 변하고 있고 일시적이기 때문이에요. 오전에 좋은 것이 오후에 안 좋고 오늘의 친구가 내일의 원수가 되어요. 알 수가 없다는 거예요. 그리고 알 필요가 없다는 거예요. 몰라도 돼요. 얼마나 좋아요. 저는 뭘 모르는 개념 없는 바보가 되고 싶어요.

"왜 이리 개념이 없어요? 왜 이리 생각이 없어요?" 누가 야단칩니다.

"감사합니다. 노력 많이 했어요!"라고 바보 용수가 대답합니다.

오만과 질투 사이

하심下心이 수행의 핵심과 결과를 뜻합니다. 살아 있는 모든 존재의 영성과 기본적인 선량함을 인정하는 최상의 존중입니다. 편을 가르지 않고 모든 존재에게 갖는 진정한 애정과 연대입니다. 모든 중생에 대해 똑같이 관심을 갖는 겁니다. 이것이 마음의 참된 힘입니다.

하심의 반대는 가리는 마음, 즉 오만과 질투심입니다. 가장 미세하고 알아차리기 어려운 번뇌들입니다. 다른 사람의 공덕을 인정하지 못하고 하찮게 여기는 것이 질투심입니다. 자신이 인정받고 싶은 마음에서 비롯됩니다.

다른 사람을 경멸하는 마음이 오만입니다. 자신의 가치를 과대평가하는 것입니다. 잘난 척이죠. 둘 다 다른 사람의 가치를 인정하지 못하는 마음입니다. 하심은 인정을 바라지 않고 인정을 주고 싶은 마음입니다. 존경을 바라지 않고 존경을 주고 싶은 마음입니다. 인정과 존경을 주는 사람이 인정과 존경을 받습니다.

다른 사람의 좋은 점을 찾으세요. 그들이 꽃필 수 있게 격려하세요. 이와 같이 모든 중생의 진정한 벗이 되세요.

삶에게 'Yes' 하세요

살면서 어떤 처지에 있어도
어디에 살더라도
어떤 상황이 닥쳐도
누구랑 같이 있어도
우리의 수행과 수행의 결과는
온전히 지족하고
전적으로 받아들이는 것입니다.
현재 이 순간의 상황을 온전히 받아들이지 못하는 것이 불행입니다. 현재 이 순간의 상황을 온전히 받아들이는 것이 행복입니다. 저항이 없으면 고통도 없습니다.

삶에게 Yes 하세요.
오늘에게 Yes 하세요.
이 순간에게 Yes 하세요.
No가 불행이고
Yes가 행복입니다.
언제가는 어디에선가 행복하겠다는 꿈을 꾸고 있으면 원하는 조건이 갖춰져도 행복하지 못합니다. 만족하지 못하는 습관, 불행의 습관이 남아 있기 때문입니다. 우리를 행복하게 할 수 있는 것은 아무도, 어디에도, 아무것도 없어요. 허망한 꿈을 꾸고 있어요!

행복은 마음에 달려 있어요. 행복은 마음의 결정, 마음의 습관이에요. 주어진 상황을 온전히 받아들이는 것이 행복의 비결입니다. 행복을 꿈꾸지 말고 행복의 습관을 연습하세요.
매 순간 행복을 결정하세요!
행복은 연습, 할 수 있어요!

하루의 시작과 끝

하루의 시작과 끝이 결정적으로 중요합니다. 짧게라도 하루를 기도로 명상으로 발원으로 시작하면 온 하루를 결정하는 큰 힘이 됩니다. 시작을 잘하면 온 하루가 좋은 하루가 될 가능성이 높습니다.

눈을 뜨는 순간부터 방향을 잘 잡아 보세요. 번뇌 망상에 휩쓸리지 않고 의미 있게 오늘을 보내겠다고 결심합니다. 하루 끝에는 죽음을 준비하듯이 잠을 준비합니다. 잠과 죽음이 매우 유사합니다. 어떻게 잠드는지에 따라서 잠의 질을 결정합니다.

고요하고 평화롭고 자비로운 마음으로 잠들면 잘 쉬고 좋은 꿈도 꾸게 됩니다. 자기 전에 몸을 씻고 짧게라도 기도하고 명상하고 자는 것이 인생을 바꿔 줄 수 있습니다. 평화롭게 잠드는 것이 평화롭게 죽는 것만큼 중요합니다.

하루의 시작과 끝을 잘 지켜 주세요.

선한 마음

기회 있을 때 따뜻하고 친절하세요. 우리에게 배로 돌아옵니다.

기회 있을 때 많이 베푸세요. 우리에게 배로 돌아옵니다.

할 수 있을 때 잘해 주세요. 우리에게 배로 돌아옵니다.

순수하고 선한 마음은 배로 돌아옵니다.

선한 마음은 인정을 받아요. 존경을 받아요. 사랑을 받아요.

선한 마음이 행복입니다.

선한 마음이 불교예요.

선한 마음이 명상이에요.

선한 마음이 참본성이에요.

선한 마음은 여의주입니다. 모든 소원을 이루게 합니다.

생각에 빠지지 않는 법

습관적으로 일어나는 생각을 이어 가지 않는 것. 생각과 상호작용 하지 않는 것. 생각의 유혹을 넘기는 것. 이것이 핵심입니다. 몇 가지 방법을 소개합니다.

- **바라봄**: 호흡을 알아차리듯, 소리를 알아차리듯, 똑같이 생각을 알아차립니다. 생각을 담담하게 객관적으로 바라보면 생각이 풀립니다.
- **내버려 둬**: 몸이나 호흡이나 소리나, 어떤 대상을 알아차리고 생각은 내버려 둡니다. 알아차림에 중요성을 두고 생각에 중요성을 두지 않으면 감정이 이내 지나갑니다.
- **몰라**: 생각을 이어 가기 시작할 때 '몰라' 하는 진언을 외우면 생각이 끊어집니다. 당장 생각하지 않아도 되는, 몰라도 되는 마음속에서 쉽니다.
- **릴렉스**: Just relax! 생각 속에서 감정 속에서 힘을 뺍니다. 생각을 알아차리면서 쉽니다. 생각이 보이지만 생각과 엉키지 않고 릴렉스 합니다.

시간이 없어요

업業이란 마음의 경험, 마음의 습관을 의미합니다. 죽을 때 오직 업만 가져간다고 합니다. 지금 경험하는 것은 죽을 당시에, 죽고 나서 바르도(중음)에서, 또한 내생까지 경험합니다. 마음의 집착과 습관이 똑같이 작동하기 때문입니다.

마음을 보세요. 마음에서 어떤 일이 일어나고 있어요? 집착, 미움, 좌절, 질투, 오만, 멍 때리기? 이에 따라 죽고 이에 따라 윤회합니다. 살아 있을 때 업을 바꾸지 못하면 죽을 때 업의 힘에 따라가 어떻게 될지 모릅니다.

죽음과 업은 피할 수 없고 틀림없습니다. 이것을 알면 수행이 얼마나 중요한지 알게 됩니다. 급한 마음이 생기고 시간이 소중합니다. 게으름과 시간 낭비를 줄이게 됩니다. 인생은 기약할 수 없어요. 수행할 시간, 업을 바꿀 수 있는 시간이 얼마 없어요. 수행의 가장 큰 장애는 시간이 있다고 생각하는 것이에요. 수행의 황금 모래시계가 계속 흐르고 있어요. 언제 끝날지 아무도 몰라요.

준비된 마음으로 후회 없이 죽는 것이 인생의 목적이에요! 죽음이 오늘 찾아온다면 우리는 잘 죽을 수 있을까요? 후회가 없을까요? 매일 매 순간 죽음을 준비하는 삶은 살아 있고 친절하고 수행을 하고 많이 베풀고 의미 있고 유리하고 인연이 소중하고 사랑하고 깨어있게 되어요. 이것이 죽음을 알아차리는 효과예요.

'시간이 없어요. 시간이 없어요. 시간이 없어요.'

이 만트라를 마음에 담고 평생 화두로 삼으세요. 후회 없이 평화롭게 죽으려면 집착을 버리고 다른 사람에게 잘해 주고 많이 베풀고 명상하십시오. 정말 시간이 없어요.

나랑 사이좋게 지내기

좋아하지도 않고 허물만 보이고 불평불만이 가득한 사람과 평생 같이 산다고 상상해 보세요. 끔찍하죠? 우리는 나 자신과 평생을 같이 살아야 합니다. 자신과 맺은 관계가 관계 중에서 가장 중요합니다. 자신을 어떻게 보고 대하는지에 따라서 다른 사람과 세상을 보는 것도 달라지기 때문입니다. 자신과 조화롭게 지낼 수 있으면 모든 것이 괜찮습니다.

자신과 맺은 관계는 크게 세 가지 형태로 볼 수 있습니다.

첫 번째는 자신을 혐오하는 관계입니다. 자신을 과소평가해서 싫어하기 때문에 남도 자신을 싫어한다고 오해합니다. 열등감이 많은 사람은 화가 많습니다. 다른 사람이 무시하지 않는데도 자신을 무시한다고 화를 냅니다. 자신을 인정하지 않기 때문에 남과 관계를 맺고 싶어 하지 않습니다. 왜냐하면 자신의 못난 점이 들킬까 봐 겁이 납니다. 마음이 늘 불안합니다. 이런 사람은 칭찬해 주고 에고를 키워 주는 것이 도움이 됩니다. 에고가 너무 아프기 때문에 에고를 건강하게 해야 합니다.

사회의 기준으로 자신의 가치를 평가하기 때문에 자존감이 낮고 자신을 가치 없다고 생각합니다. 자신이 못났고 할 수 있는 게 없다고 낙오자로 결론을 내립니다. 누구나 가치가 있습니다. 누구나 무한한 가능성이 있으며 본성적으로 훌륭하다는 것을 배워야 합니다. 자신이 나름 잘하고 있다는 것을 인정하고 있는 그대로 자신을 받아들이고 좋아하는 것이 중요합니다.

두 번째는 자신을 너무 좋아하는 관계입니다. 재산이 많거나 지식이 많거나 학벌이 높거나 지위나 권력, 명성이 있는 사람은 오만하고 자기 가치를 과대평가합니다. 자신이 특별하고 다른 사람보다 잘났다고 생각합니다. 자기만족에 빠져서 독선적인 태도로 잘난 척하며 자신이 우월하기 때문에 다른 사람들을 하찮게 여깁니다. 게다가 오만함을 자신감이나 자부심으로 착각해서 허물인 줄도 모릅니다. 오만의 대치법은 존중심, 존경심입니다. 모든 존재를 신성한 존재로 인정하는 것이죠. 달라이라마 존자님은 누구를 만나든 자신보다 더 나은 자질을 찾아내서 존경을 표한다고 합니다. 좋은 자질은 무한한 본성에서 나오는 것이라서 잘난 것도 못난 것도 없습니다. 나도 잘할 수 있지만 누구나 잘할 수 있습니다.

세 번째는 무관심한 관계입니다. 자신을 방치하거나 포기하고 돌보지 않습니다. 성장할 생각이나 의욕도 없습니다. 다른 사람에 대한 관심도 없고 좋은 관계를 맺고자 시도하지 않습니다. 이런 사람들에게는 자신을 위한 배려가 필요합니다. 나를 위해 요리도 하고 운동이나 여가를 즐기며 자신을 돌봐 주세요. 자신을 위한 배려는 사치가 아니라 존재를 보존하기 위한 것입니다.

저는 예전에는 자존감이 낮았는데 지금은 높은 것 같습니다. '용수'란 허상에 대한 집착과 관심이 지나칩니다. 구체화해서 딱딱한 아상을 만들고 있습니다.

자신의 가치는 참본성에 기반을 두어야 합니다. 무한한 자비, 무한한 지혜, 무한한 능력이 우리의 본성입니다. 우리는 물질의 존재가 아니라 영성의 존재입니다. 참본성을 알면 오만하지도 열등하지도 무시하지도 않습니다.

아빠라마다

목숨이 걸려 있는 것처럼 이 순간에 주의하세요.
편안하면서 깨어있는
평정심을 철저히, 조심스럽게 지켜 주세요.
세상에서 가장 긴급하고 중요한 일로 삼으세요.
위험한 낭떠러지 길을 건너가듯이
마음이 흐트러지지 않도록 세밀하게 주의하세요.

'아빠라마다(불방일)'
부드러운 긴장
끊임없는 주의
적극적 기다림
이와 같이 마음을 받드세요.
이것이 비밀이에요.
이 비밀을 알면 수행의 진수를 가질 수 있어요.

색즉시공 공즉시색

색즉시공 공즉시색色卽是空 空卽是色. 이것이 대승불교의 핵심적인 가르침입니다. 색色은 나타나는 것, 일어나는 것을 의미합니다. 바로 형태, 형상을 의미합니다. 보이는 것만 형상이 아니라 들리는 것도 느끼는 것도 냄새, 맛, 촉감도 다 형상에 속합니다. 모든 생각과 감정도 미세한 형상입니다.

형상에 집착하는 것, 나타나는 것에 집착하는 것이 윤회의 의미입니다. 형상의 공한 본질을 놓치는 거죠. 나타나는 모든 것(안이비설신, 생각과 감정)은 공空합니다. 공하다는 것은 없는 것이 아니라 절대적인 정체성이 없다는 것입니다. 내재의, 자체적인 존재함이 없어요. 영구적인, 견고한, 독립적인 존재함이 없어요(공空).

형상의 일시적인, 환영처럼 일어나는, 공한 본질을 몰라서 형상에 집착합니다. 오감의 대상과 생각과 감정에 집착합니다. 색色에서 공空을 놓쳐서 색만 아는 것이 윤회의 의미입니다. 윤회에서 어떻게 벗어납니까? 해탈과 열반을 어떻게 이룹니까?

형상의 집착으로부터 벗어나고 형상의 공한 본질을 깨우치는 것입니다. 색만 집착하지 않고 색즉시공을 깨우치는 것이죠. 이 방법을 명상이라고 합니다.

옳지 않은 스승을 알아보는 법

- 다른 전통이나 스승을 비난한다.
- 나만 따르라고 한다.
- 본인이 깨우쳤다고 한다. (깨우친 분은 깨우쳤다고 주장하지 않는다.)
- 수행 체험과 수행 능력을 자랑한다. 뭘 본다고 하고 신비스러운 것을 강조한다.
- 본인 제자가 되라고 한다. 참된 스승은 당신의 제자가 되라고 강요하지 않는다.
- 화를 잘 낸다.
- 말과 행동이 다르다.
- 법맥이 없다.
- 자비심이 없다.
- 자기 이익, 자기 단체, 자기 이름만 생각한다.
- 하심이 없고 오만하다.
- 수행 이력이 약하다.
- 계율을 잘 지키지 않는다. 윤리적인 삶을 살지 않는다.

옳지 않은 스승은 스승이 없는 것보다 훨씬 더 안 좋다고 합니다. 이런 스승들이 너무 많습니다. 스승 따라 우리가 좋게, 나쁘게 달라집니다. 화를 잘 내는 스승과 인연을 맺으면 우리도 화를 잘 내게 됩니다. 자비심이 많은 스승과 인연을 맺으면 우리도 자비심이 많아집니다. 명상을 잘하는 스승과 인연을 맺으면 우리도 명상을 잘하게 됩니다. 뚱뚱한 스승과 인연을 맺으면 우리도 살찝니다(농담입니다).

저는 위 13가지 특징 중에 10개 정도는 있습니다. 스승 되려면 멀었습니다.

아픔을 허용하세요

상처를 받을 수 있는 것이 힘입니다.

마음이 아플 수 있는 것이 힘입니다.

창피를 당할 수 있는 것이 힘입니다.

어두운(그림자) 면을 밝히는 것이 힘입니다.

어려운 것을 하는 것이 힘입니다.

아픔을 허용하세요. 아파도 괜찮아요. 생생하게 느껴 보세요. 우리 존재의 깊은 중심으로 가라앉게 허용하세요. 여기서 치유가 일어납니다.

수행은 자신을 고치는 것이 아닙니다

수행은 잘못된 자신을 고치는 것이 아닙니다. 우리가 잘못되어 있지 않다는 것을 깨우치는 것입니다. 수행은 자신에 대한 잘못된 견해를 소멸하는 것입니다.

"가치가 없다. 할 수 없다. 운이 다했다. 부족하다. 최악이다. 행복할 수 없다."

수행은 자신에 대한 바른 견해와 익숙해지는 것입니다.

"가치가 있다. 행복할 수 있다. 모자라지 않다. 있는 그대로 괜찮다. 나는 이미 부족함이 없고 행복하고 선량하고 지혜롭다."

불교는 세뇌라고 할 수 있습니다. 자신이 있는 그대로 괜찮고 가치가 있고 사랑을 받을 수 있다는 것을 스스로 설득하는 겁니다. 사실은 우리가 사랑 그 자체, 지혜 그 자체, 평화 그 자체입니다. 우리가 관세음보살입니다. 드디어 깨달음을 얻을 때 한바탕 폭소를 터뜨릴 겁니다. 그때 우리가 줄곧 완벽했다는 것을 알기 때문입니다.

고마운 분

이생에 나를 계속 괴롭히는 원수 같은 존재가 있습니까? 그 사람 때문에 마음이 계속 올라오고 힘듭니까? 마음이 올라올 때마다 '고맙습니다'라고 하세요.

나의 못된 마음을 보게 해서 고맙습니다.
수행의 공부거리를 주셔서 고맙습니다.
알아차림을 일깨워 주셔서 고맙습니다.
게으름과 오만에 빠지지 않게 해 주셔서 고맙습니다.

정말 고마운 분입니다! 그리고 너무 신경 쓰지 마세요. 마음이 올라올 때마다 내려놓는 연습으로 삼고 생각이 이어지지 않도록 잘 알아차려 보세요. 이런 고마운 분이 있다면 다행입니다. 역행보살이죠*. 좋아하기는 어렵더라도 미움을 키우면 안 돼요. 욕을 하지 말고 이 만트라만 외우세요. '고맙습니다!'

*역행보살: 해를 끼쳐서 좋은 결과를 갖게 하는 이를 일컫는 말입니다.

그냥 하세요

명상을 더 하고 싶으세요?
생각하지 말고 그냥 하세요!

운동을 더 하고 싶으세요?
생각하지 말고 그냥 하세요!

항상 생각은 하고 있지만 하는 것을 잘 못해요.

생각에 초점을 두지 말고
전략에 초점을 두지 말고
결과에 초점을 두지 말고
하는 것에 초점을 두세요.

그냥 하세요! 오늘요! 지금요!

수행은 수용력을 키우는 것

수행은 수용력을 키우는 것이라고 할 수 있습니다. 명상의 그릇을 키우는 것이죠. 수행의 그릇에 따라서 영향을 많이 받거나 적게 받습니다.

우리는 별것 아닌 것 가지고 힘들어합니다. 마음을 볼 줄 모르고 일어나는 생각을 무심코 믿고 따라가기 때문입니다. 수용력을 키울 수 있는 가장 좋은 방법은 '스스로 해탈' 명상법입니다. 감정이 저절로 일어나고 저절로 가라앉게 지켜보는 것입니다.

저절로 해결되게 알아차리는 것입니다. 감정이 일어날 무렵에 스스로 해탈의 명상법을 기억하는 것이 결정적으로 중요합니다. 생각들이 위험한 줄 알고 스스로 풀리게 생각을 바라봅니다. 명징하고 신중한 알아차림을 가집니다.

밖을 보지 않고 마음을 봅니다. 이와 같이 스스로 해탈법을 연습하면 우리의 카르마가 바뀝니다. 착한 마음은 취하고 악한 마음은 거부하는 것이 좋은 수행이지만 마음의 기본 습관인 분별심을 닦지 않습니다. 착한 사람이라는 정체성을 강화하면 에고에서 벗어나지 못합니다.

어리석은 사람은 악한 마음을 가져서 지옥에 가고 어리석은 사람은 착한 마음을 가져서 천당에 가고 지혜로운 사람은 선과 악을 초월해서 해탈한다고 합니다. 좋은 마음도 안 좋은 마음도 분별없이 무한한 알아차림 속에서 녹이세요.

욕하게 내버려 두세요

누가 우리를 욕하고 다닙니까? 거짓말하고 다닙니까? 욕하게 내버려 두세요. 욕한다고 해서 우리를 악화시키지 않습니다. 거짓말한다고 해서 현실이 달라지지 않습니다.

자신을 방어하고 거짓말을 부인하느라 시간 낭비하지 마세요. 도로 욕하지 마세요. 현실이 증명입니다. 자신의 공으로 자부심을 가지세요. 업이 알아서 해 줍니다. 업은 항상 공평합니다.

마음을 내려놓을 기회로 삼고 평정심을 잃지 마세요. 시끄러움에 개의치 말고 쾌히 침묵하세요. 이런 경우에 지는 것이 이기는 것입니다. 진흙탕 싸움에 들어가지 말고 업의 결과를 지켜보세요.

나는 고통을 좋아한다

나는 행복을 좋아하지 않는다.

고통을 좋아한다.

행복할 때는 번뇌가 증가한다.

고통이 있을 때는 과거 악업이 소멸된다.

나는 높은 자리를 좋아하지 않는다.

낮은 자리를 좋아한다.

내가 중요한 사람이 되면 오만과 질투가 많아진다.

보잘것없는 사람이면 마음이 편하고 수행이 진전된다.

가장 낮은 자리가 과거 성인들의 자리이다.

- 빠툴 린포체

최고의 명상

명상 중에 최고의 명상은 명상하지 않는 명상, 대상 없는 알아차림, 애씀 없는 현존, 자유로운 알아차림이라고 합니다. 자유로운 알아차림을 기르는 비결을 알려 드립니다. 생각에 빠져 있다가 알아차림이 돌아옵니다. 생각하고 있다는 것을 아는 순간이 알아차림 할 때입니다. 이때 생각이 풀립니다. 이 순간이 결정적인 순간입니다.

이 순간에 무엇을 해야 합니까? 그저 알아차림에 주의를 기울이세요. 알아차림을 확인하세요. 알아차림은 이 순간, 앎, 현존감이라고도 합니다. 다 같은 것을 의미합니다. 알아차림에 주의를 기울이고 확인한다는 것은 인지하는 거예요. 알아보는 것이에요.

초보자들은 대상 없이 알아차림을 알아보기가 어려워요. 미세하기 때문입니다. 다시 말씀드리면 생각으로 헤매다가 알아차림이 돌아오면 알아차림의 인지에 안주하세요. 이 순간에 머무세요. 알아차림이 돌아오면 생각이 풀립니다. 풀림 속에 안주합니다.

여기에 자유가 있어요. 이 순간은 두 가지 성품이 있어요.

허공처럼 자유롭고 그리고 명료해요. 명료함은 앎을 의미해요. 이것이 순수 알아차림입니다. 이 생각 없는 알아차림과 익숙해져야 합니다. 알아차리고 있을 때 생각이 일어나면 생각이 풀립니다. 똑같이 풀림 속에 안주하면 됩니다. 알아차림을 유지하려고 하지 말고 알아차림을 더 길게 하려고 하지 말고 현존하는 마음에 그저 안주하세요.

이와 같이 알아차림을 주의(확인)하면 생각만 따라다니는 마음이 알아차림에 안주하는 마음으로 바뀌게 됩니다. 명상은 바로 이것이에요! 생각을 따라다니는 것보다 알아차림에 안주하는 것을 선호하게 하는 거예요. 헤매다가 알아차림이 돌아오면 단지 주의하세요. 알아차림이 알아차림을 바라보는 것이죠. 너무나 단순한 방법이지만 매우 강렬한 방법입니다.

이 기법을 이해하고 실천할 수 있다면 명상이 아주 쉽고 효력이 엄청납니다. 좌선할 때도 일상생활에서도 똑같이 하면 됩니다. 한 가지 아쉬운 점이 있다면 여러분들이 이 기법으로 저처럼 평화로워지면 제가 질투할 것 같아서 걱정이 됩니다.

머리에서 나와서 몸으로 오세요

솔직하게 스스로에게 물어보세요. 자세히 살펴보면 고통은 머리로 지어낸 개념일 뿐이라는 것을 알게 됩니다. 상황을 생각으로 구체화하는 만큼만 고통이 있는 것입니다. 험악하고 절망적인 세상은 마음이 만듭니다. 다 머리에 있는 거예요.

머리에서 나와야 합니다. 머리에 있는 주의를 몸으로 가져오세요. 몸을 알아차리고(느끼고) 생각은 내버려 두십시오. 고통을 해결하는 가장 좋은 방법은 마음을 있는 그대로 두는 겁니다. 마음을 바꾸려고 하면 생각이 더 많이 일어납니다.

몸을 안식처로 삼고 마음은 편안하게 가지세요. 자신과 약속하세요. 어떤 경우에도 생각을 굴리지 않고 포기하지 않겠다고 약속하세요. 그러면 다 괜찮을 거예요.

티베트불교의 심리 치유법

억울해서 화가 납니까? 상처를 입어서 화가 납니까? 화가 나는 것은 당연한 것입니다. 보통 분노에 빠지고 나서 후회합니다. 죄의식을 느끼면서 분노를 싫어하게 됩니다. 분노와 건강하지 못한 관계를 갖는 거죠.

우리의 이해와 알아차림으로 분노를 허용하세요. 분노를 받아들이고 친절하게 관계를 맺는 거예요. 분노의 대상을 보지 않고 분노와 함께하세요. 자비심으로 분노를 바라보세요. 여기서 치유가 일어납니다. 스스로에게 친절하세요.

티베트불교 심리 치유 기법을 소개합니다. 우리의 분노를 괴물로 상상해 보세요. 자연스럽게 모양과 색깔을 주고 우리 앞에 있다고 상상해 보세요. 잘못 대했다고 미안하다고 하세요. 그리고 우리의 사랑과 자비심으로 바라보세요.

괴물의 표정이 평화로워지고 빛으로 사라져서 우리에게 흡수가 된다고 상상해 보세요. 외면했던 감정이 우리와 하나가 되어서 치유가 됩니다. 분노나 어떤 감정도 똑같이 천천히 해 볼 수 있습니다.

나를 보고

연꽃은 나를 보고 세속에 물들지 말고
태양은 나를 보고 분별없이 베풀라네.
바다는 나를 보고 중생 아픔 품으라고
대지는 나를 보고 중생 행복 받들라네.
이와 같이 만물만생 나를 보고 속삭이네.
이생에는 해탈 향해 고통 바다 건너라네.

세상살이 13가지 지혜

- 간소화하세요! Less is more. 덜 갖는 것이 더 갖는 것입니다. 간소하고 검소한 생활이 행복한 삶을 지원합니다.

- 신중하게 하세요! 생각도 말도 행동도 부드럽고 신중하게 하세요. 섬세한 행동으로 알아차림을 기르세요.

- 친구를 잘 사귀세요! 아무나 가까이 지내지 말고 존경하고 믿을 수 있는 사람과 친하게 지내세요. 누구랑 사귀는지에 따라서 우리도 좋거나 나쁘게 변합니다.

- 은혜를 잊지 마세요! 좋은 사람을 나쁜 사람으로 만들지 마세요. 부모나 스승의 은혜는 잊지 말고 잘 모시세요.

- 기대를 버리세요! 다른 사람에 대한 기대가 관계를 망칩니다.

- 약속을 지키세요! 약속을 하기 전에 신중히 생각하고 약속

을 하면 꼭 지키세요.

- 일찍 가세요! 약속 시간보다 여유롭게 일찍 가세요. (법회 때 숭산 스님은 항상 일찍 가 계셨답니다.)

- 그냥 하세요! 생각하는 것보다 하는 것에 초점을 두세요. 생각하면 잘 안 되고 그냥 하면 됩니다. Just do it!

- 인사를 잘하세요! 조금 더 따뜻하게, 조금 더 친절하게 인사하세요. 자신도 남들도 행복하게 합니다.

- 자신감을 가지세요! 자신을 믿고 의지하세요. 결국 자기 삶은 자신의 책임입니다. 할 수 있습니다!

- 남의 평가에 연연해하지 마세요! 다른 사람의 판단은 우리 일이 아닙니다.

- 너무 많은 계획을 하지 마세요! 마음을 열어 놓고 사세요. 인연을 잘 지켜보고 알 수 없는 삶의 흐름을 잘 타세요.

- 자신을 좀 봐주세요! 자신에게 친절할 수 있다면 모든 것이 괜찮을 겁니다.

고통을 우리 편으로 만드는 법

고통이 있습니까? 좋은 일입니다. 고통을 우리 편으로 만드는 고통의 활용법 3가지를 소개합니다.

- **버림의 길(근본 불교)**: 고통이 있을 때 반성할 수 있고 고통의 원인을 살필 수 있습니다. 고통의 원인을 버리고 다시는 안 하겠다고 다짐합니다. 하심을 가져서 변화의 계기가 됩니다. 고통을 참회의 재료로 활용합니다.
- **탈바꿈의 길(대승 불교)**: 지금 이 순간에 자신처럼 고통스러워하는 수많은 중생들을 생각합니다. 자신의 고통으로 타인의 고통을 잘 이해할 수 있고 연민을 가질 수 있습니다. 자신처럼 고통스러워하는 중생들이 속히 고통에서 벗어나기를 기도합니다. 고통을 자비심의 재료로 활용합니다.
- **초월의 길(금강승 불교)**: 고통을 있는 그대로 알아차립니다. 마음을 바꾸려고 하지 않고 고통의 무상과 공성을 지켜봅니다. 고통은 좋지도 나쁘지도 않고 생각과 느낌일 뿐이라는 것을 인식하여 마음의 명료함에 휴식합니다. 고통을 지혜의 재료로 활용합니다.

생각들이 공격할 때

명상의 핵심이라고 할 수 있는 것이 생각에서 해탈하는 것입니다. 우리 업이 강력하게 올라올 때 생각들이 우리를 공격합니다. 그때 생각을 잘 알아차려야 합니다. 전사가 적을 대하듯이 위험을 알아 정신을 바짝 차려야 합니다. 내면의 적이 우리를 공격하고 있기 때문입니다.

그리고 생각 해탈법을 실천하는 것입니다. 생각을 직면합니다. 생각에 빠지지 않고 생각으로부터 도망가지 않고 생각을 그저 바라봅니다. 저항 없이 생각이 분명하게 보이면 생각과 상호작용 하지 않고 있다는 거예요. 생각과 우리 사이에 여유가 있어요.

중요한 것은 생각을 해탈하겠다는 의도로 생각을 직면하는 것입니다. 이런 의도가 있으면 생각이 우리에게 잘 보입니다. 생각이 보이는 것이 알아차림의 의미이며 생각이 놓아집니다. 이것이 생각 해탈법입니다.

생각의 힘이 너무 강하고 명상의 힘이 너무 약해서 초보자는 잘 안 되지만 연습을 하면 잘하게 됩니다. 생각을 해탈하는(내려놓는) 것이 부처님의 팔만사천법의 핵심입니다. 진실입니다!

이와 같이 생각들이 잘 오고 가게끔 통과시킬 수 있다면 업이 정화가 됩니다. 생각이 우리에게 얼마나 잘 보이는지에 따라서 명상의 진전을 평가할 수 있어요. 명상을 하면 할수록 생각이 느려지고 얌전해지고 착해집니다. 마음이 비어지고 여유로워지고 자유로워지고 평화로워집니다.

명상하고 있다는 징후 7가지

- 마음이 더 산란하고 복잡해진 것 같아요. 알아차림이 없고 집중이 안 되는 것을 알게 되어요. 명상하고 있다는 대표적인 징후입니다. 스스로 기뻐하세요. 못 보던 마음을 드디어 보게 되었어요! 마음이 명료해져서 보이는 것이에요.
- 감정의 기복이 심해요. 하루는 해탈할 것처럼 행복하고 다음 날은 우울해요. 몸 안에 기운이 움직여서 감정 기복을 경험하게 되어요.
- 명상의 기복도 심해요. 하루는 마음이 명료하고 기운이 잘 돌고 깨어있어요. 다음 날은 알아차림이 뭔지도 모르고 기운이 무겁고 마음이 둔해요.
- 평소에 경험하지 못한 슬픔과 불안을 경험할 수 있어요. 마음이 고요해지면 깊은 곳에 숨어 있는 감정이 드러날 수 있어요. 자신의 업을 보고 해소할 수 있는 훌륭한 기회입니다.
- 몸 안에 기운이 움직이고 있어요. 명상하면 미묘체를 일깨워서 기운이 움직이기 시작해요. 차크라가 열리고 맥이 뚫리고 에너지가 돌아요.

- 빛이 보이고 소리가 들릴 수 있어요. 다른 사람의 기운을 느낄 수 있는 것 같고 신통이 생기는 것 같아요. 마음이 만드는 허상일 뿐이니 의미를 부여하지 말고 개의치 마세요.
- 사람들과 세상과 잘 안 맞는 것 같아요. 내가 이상해진 것 같아요. 이것이 출리심이에요. 세속 맛이 떨어지는 것이에요. 스스로 기뻐하세요. 수행의 기반이 생기는 거예요.

명상의 징후를 잘 알아보고 집착하지 마세요. 장애를 잘 넘기고 꾸준한 노력으로 명상이 깊어지면 기복이 없어지고 하루하루가 평안하고 고요합니다. 만족도가 높아지고 참본성을 더 많이 경험해요. 늘 마음이 평화롭고 명료하고 안정감이 있어요. 생각에 끌려가지 않고 생각의 무상하고 공한 본질을 알아차리게 되어요.

처음에는 명상이 정말 어렵고 노력이 많이 필요해요. 일관성 있게 기대하지 않고 노력하는 것이 비결이에요. 좌선을 매일 하고 일상생활에서도 알아차리려고 하는 의도가 결정적입니다.

지혜는 쉬는 마음

생각을 내려놓을 때마다
마음을 쉴 때마다
본성을 가리는 장막에 구멍이 뚫립니다.
릴렉스 할 때마다
생각을 쉴 때마다
여유가 생깁니다.
공간이 생깁니다.
본성과 연결이 됩니다.
본성의 빛이 스며 나오기 시작합니다.
마음을 쉬어야 지혜가 생깁니다.
아무것도 안 해야 해야 할 것과 하고 싶은 것을 다 할 수 있습니다.
마음을 쉬는 것을 배우십시오.
아무것도 안 하면서 깨어있는
편안하면서 현존하는
자유로운 알아차림과 익숙해지십시오.
공덕자량은 선한 마음으로 갖게 되고

지혜자량은 쉬는 마음으로 갖게 됩니다.

본연의 마음으로

애씀 없이 자연스럽게

본성으로 사는 것을 배우면

내가 원하는 삶을 살게 됩니다.

가슴으로 사는 법

우리는 너무 어렵게 삽니다. 에고로 움직입니다. 좋아하는 것도 싫어하는 것도 너무 분명하고 집착합니다. 우리가 주인이 아니고 에고가 주인입니다. 자신의 아집으로 남에게 부담을 주고 스스로를 힘들게 하고 기회를 놓치고 삶을 망칩니다. 아집이 죄악이며 원적입니다. 이 골칫덩어리를 어떻게 해야 합니까?

에고를 바꾸고 착하게 하는 것은 어렵습니다. 좋고 나쁘고 하는 마음, 따지는 마음, 판단, 의견, 온갖 고집을 다 내려놓으세요. 놓아 버리면 지혜가 있습니다. 상황을 객관적으로 볼 수 있습니다. 본성과 연결이 됩니다.

에고와 동일시하지 않아야 해요. 에고(머리)로 살지 않고 본성(가슴)으로 사는 법을 배워야 합니다. 본성은 업을 소멸하고 모든 것을 해결해 줍니다. 본성은 나의 시작과 끝인 삼세와 삼륜(주체, 개체, 행위)을 넘은 무한한 창의성과 힘의 원천입니다.

본성에 내맡기는 것은 책임을 외면하는 것이 아닙니다. 에고의 습관을 녹이는 거예요. 더 이상 에고에 빠지지 않겠다는 약속입니다. 여태까지 에고를 너무 친절하게 대해 왔어요. 이

제 에고가 커질 연료를 주지 않는 거예요.

생각을 버리고 청정한 본성으로 사는 것을 배워야 합니다. 어떤 경우에도 본성으로 돌아오세요. 본성에 귀의하세요. 어떤 경우에도 생각을 굴리지 않고 본성에 내맡기겠다고 약속하세요. 에고의 힘을 빼고 청정한 본마음과 함께하세요. 애씀 없이 사는 법입니다.

자신에게 친절하세요

의도적인 삶을 살기로 했다

나는 의도적인 삶을 살기로 했다.
본연의 의도로 살 것이다.
여기 이 순간에 충실할 것이다.
이 순간 말고는 지킬 것이 없고
마음을 쉬는 것 말고는 할 것이 없다.
평이하게 자유롭게
싸우지 않고
따지지 않고
저항 없이
본마음의 흐름을 타리라.
피곤하게 어렵게
자신과 남에게 부담이 되는
아집을 따라가는 삶에 지쳤다.
일체 좋고 나쁜 것이 없는 대수용
일체 불만이 없는 대만족
일체 걸림이 없는 대자유를
누릴 것이다.

피곤하면 쉬고
배고프면 먹고
졸리면 잔다.
좋은 것도 나쁜 것도 같은 맛이며
행복도 불행도 사기꾼이다.
일시적인 허깨비에 속지 않고
일시적이지 않는
텅 비어 있으면서 알고 있는
청정한 마음자리만 고집할 것이다.
매 순간 살아 있고 싶다.
무엇을 해도 온전히 한다.
슬픔을 느끼면서 슬프지 않는
공하면서 슬픔을 비춰 주는
마음의 본성에 쉬리라.
오감을 즐기면서 집착이 없다.
생생하게 경험하지만
자각하면서 실체가 없는 마음자리를 인지한다.
생각을 굴리지 않으니 업을 만들지 않고
구체화하지 않으니 고통이 없고
따지지 않으니 갈등이 없다.
그 누구도 어떤 상황도 나를 건드릴 수 없는
내 자신을 찾을 것이다.

하는 바 없이 다 하고

애씀 없이 경계 없이

대자유의 삶을 지향한다.

하나만 결정하고

하나만 고집하고

하나만 지킨다.

온전한 믿음

온전한 내맡김

Don't Know

Trust

본성과 함께하는

본성의 흐름을 타는

본성의 지혜로 사는

살아 있는 깨어있는 생생한

의도적인 삶을 살기로 했다.

알아차림은 불과 같습니다

수행은 바라는 것을 갖게 되는 것이 아니라 바라는 마음을 닦는 것입니다. 업을 소멸하는 것입니다. 업은 무엇을 바라고 무엇을 두려워하는 생각으로 나타납니다. 생각을 소멸하는 것이 업장 소멸입니다. 상황에 의해서, 사람에 의해서 업이 나타납니다. 상황을 보지 말고, 사람을 보지 말고, 마음을 보세요. 생각을 알아차림 속으로 놓아 버리세요.

무슨 바람과 두려움이 있는지, 무슨 생각을 하고 있는지, 알게 되면 업이 소멸됩니다. 알아차림이 마음을 바꿔 줍니다. 상황도 사람도 우리가 원하는 대로 어떻게 다 바꿀 수 있겠습니까? 마음을 알아차리십시오. 알아차림은 불과 같습니다. 모든 업을 태워 버립니다.

수행은 자신을 바꾸는 것보다 자신을 알아 가는 과정입니다. 습관적인 마음이 어떻게 돌아가고 있는지 알게 되는 것입니다. 앎이 업을 바꿔 줍니다. 생각을 알아차린다는 것은 생각과 상호작용을 하지 않는 것입니다. 생각을 일어나는 대로 그냥 두는 것입니다. 저절로 일어나고 저절로 가라앉게 알아차림으로 지켜보는 것입니다. 알아차림이 있으면 생각을 객관적으로 보고 생각과 우리가 분리됩니다. 공간과 여유가 생깁니다.

업이 나타날 때 밖을 보지 않고 마음을 보세요. 자신의 업이 어떻게 나타나는지 잘 알아차려 보세요. 생각을 알아차릴 줄 알면 업이 바뀝니다!

반려동물을 잘 보내는 애도

- 아픔을 허용하세요. 아픈 것은 당연한 것이고 아파도 괜찮습니다. 반려동물이 죽으면 가까운 사람이 죽는 것만큼 아프고 더 아플 수도 있습니다. 감정이 올라올 때마다 깊이 인정하고 온전히 함께하세요. 아픔이 오가는 것을 허용하세요. 너무 빠지거나 외면하지 마세요.
- 감정을 숨기지 마세요. 충격과 우울과 외로움과 죄의식과 분노 같은 다양한 감정들을 경험할 수 있어요. 감정을 부끄러워하지 않고 인정하세요.
- 죄의식에 빠지지 마세요. 더 잘해 주었으면 하는 마음은 자연스러운 것이지만 과거를 되살리는 후회는 도움이 되지 않습니다. 좋은 추억을 되살려 보세요. 사랑했다는 것을 인정하고 죄의식은 내려놓으세요. 최선을 다한 것이에요. 과거로 향한 죄의식은 아무 소용이 없어요.
- 소통하세요. 몸은 죽었지만 그의 존재는 죽지 않았고 죽을 수 없습니다. 몸에서 벗어났기 때문에 우리의 마음을 잘 이해하고 하는 말을 알아듣습니다. 고맙다고 잘 가라고 늘 마음에 간직하면서 살 거라고 소통하세요. 그의 현존을 느

끼고 사랑을 전해 주세요. 분명히 전달이 됩니다. 몸은 죽었지만 그의 현존은 늘 함께할 수 있어요.

- 기도해 줄 수 있어요. 그의 생각이 날 때마다 좋은 데 갈 수 있도록 짧게 기도를 할 수 있어요. 불자라면 내생에는 꼭 사람으로 태어나고 부처님 법을 만날 수 있도록 기도하고 모든 공덕을 그에게 회향할 수 있어요. 간절한 기도는 분명히 도움이 됩니다.
- 일반 가족과 다르지 않게 장례를 잘 치르고 49일 동안 애도하는 기간을 가질 수 있어요. 집에서 간단한 제단을 만들어서 향, 초, 꽃이나 음식을 갖다 놓을 수 있어요. 일주일에 한 번 짧게 기도하는 시간도 가질 수 있고요.
- 너무 지치지 않도록 자기 관리를 소홀히 하지 마세요. 가능한 만큼 몸과 마음을 잘 관리해야지 어려운 기간을 잘 견딜 수 있습니다.
- 아픔을 이해할 수 있는 사람과 이야기하는 것도 도움이 될 수 있어요. 상담도 받아 볼 수 있고요.

사람마다 반려동물을 위해 애도하는 기간과 방식이 달라요. 친절한 알아차림으로 마음을 잘 살펴보세요. 슬픔을 충분이 허용하되 너무 우울해지면 자신에게도 반려동물에게도 도움이 되지 않습니다. 좋은 추억을 간직하고 긍정의 마음으로 보내 주는 것이 반려동물에게 줄 수 있는 마지막 선물입니다.

명상은 마음을 여는 것

마음을 완전히 열어 놓고 하루를 살아 보세요.

명상은 마음을 여는 것입니다.

전략 없이, 작전 없이

좋은 발원도 붙잡지 않고

어떤 사상, 생각, 개념을 마음에 간직하지 않습니다.

그저 열고

그저 존재하고

그저 받아들이세요.

모든 상황과 사람에게 선입관 없이, 가식 없이 열려 있습니다.

모든 상황을 전적으로 받아들입니다.

이 순간에 필터 없이 깨어있고 살아 있습니다.

마음을 활짝 열어 놓으면 엄청난 자유와 힘이 나타납니다.

생기가 돕니다.

이 순간의 자연스러운 흐름과 자유를 타세요.

온전히 열려 있고 느긋하고 청정한 마음으로

오늘을 살아 보세요.

바른 기도

세속 일이 잘 풀리게 해 달라는 기도는 올바르지 않고 효율적이지도 않습니다. 일을 잘 풀어 나갈 수 있는 지혜와 마음의 힘을 바라는 기도를 하세요. 신심으로 순수한 기도를 하면 큰 도움이 됩니다.

세속을 향한 기도는 불보살들이 지원하지 않습니다. 마음의 지혜와 자비와 해탈을 바라는 기도는 불보살들의 가피로 분명히 이루어집니다.

세속 일은 덤으로 잘 풀립니다. 불보살들은 중생의 해탈과 마음의 변화를 도와주시려고 우리의 신심을 늘 기다리고 계십니다.

어렵더라도 양심을 따르세요

항상 바른 결정을 하세요. 어렵더라도 양심을 따르세요. 에고를 따라서 바른 결정을 하지 못하면 같은 문제를 다시 경험해야 합니다. 업이 소멸되지 않았기 때문입니다. 바른 결정을 할 때까지 같은 상황을 되풀이해서 경험해야 합니다. 이것이 윤회, 고통의 악순환을 의미합니다.

에고와 습관을 반대하고 바른 결정을 하는 것이 너무 어렵고 아플 수 있습니다. 하지만 아픔으로 아집이 닦아지고 행복의 조건이 만들어집니다.

항상 바른 결정을 하세요! 결코 후회하지 않습니다. 평생 우리와 동반할 미덕이 됩니다.

인연을 함부로 만들지 마세요

정말 훌륭한 사람이 아니면 너무 가까이 지내지 마세요. 처음에는 좋더라도 결국은 틀어집니다.

어리석은 사람과 맺은 인연은 서로에게 도움이 되지 않고 마음 아픈 일만 생깁니다.

깊은 인연을 가질 만한 사람이 많지 않습니다. 모두에게 친절하되 가까운 인연을 만드는 것은 신중히 하세요. 훌륭한 사람이 아니면 홀로 가는 것이 나아요.

고통이란 환영

어려움을 경험할 때 마음이 괴로운 세상을 비춰 줍니다. 자신이 가치가 없게 느껴지고 자신의 안 좋은 면만 비춰 줍니다. 벌을 받는 것처럼, 운이 다한 것처럼 느껴질 수 있어요. 마음의 꼬임에 쉽게 넘어갑니다.

마음 말고는 다른 현실이 없다는 것을 알아차리는 것이 중요합니다. 지나가는 부정적인 마음에 빠지면 고통이 꽤 오래갈 수 있어요. 고통은 사실이 아니에요. 마음이 과하게 비추는 부정적인 마음의 반영입니다. 늘 변하는 마음에 넘어가지 마세요.

힘내세요. 앞으로 나가세요. 걱정하지 말고 개의치 마세요. 평소처럼 할 일을 다 하세요. 추억으로만 남을 고통이란 환영에 마음을 주는 것이 무슨 소용이 있습니까?

행복을 결정하세요

항상 일이 잘 풀릴 것이라고 결정할 수 없지만 항상 긍정적인 태도를 가질 것이라고 결정할 수 있습니다.
항상 돈이 있을 것이라고 결정할 수 없지만 항상 만족감을 누릴 것이라고 결정할 수 있습니다.
항상 건강할 것이라고 결정할 수 없지만 절대 포기하지 않겠다고 결정할 수 있습니다.
고통이 없을 것이라고 결정할 수 없지만 좌절에 빠지지 않겠다고 결정할 수 있습니다.
화가 나지 않을 것이라고 결정할 수 없지만 자비심을 포기하지 않겠다고 결정할 수 있습니다.
결코 산란하지 않을 것이라고 결정할 수 없지만 항상 알아차리려고 하겠다고 결정할 수 있습니다.
한순간도 번뇌가 일어나지 않겠다고 결정할 수 없지만 한순간도 중생을 버리지 않겠다고 결정할 수 있습니다.
언제까지 살 것이라고 결정할 수 없지만 의미 있게 살 것이라고 결정할 수 있습니다.
미래가 어떻게 될 것이라고 결정할 수 없지만 항상 감사하겠다고 결정할 수 있습니다.

용기를 결정하십시오.

행복을 결정하십시오.

사랑을 결정하십시오.

저도 이와 같이 결정합니다.

그럴 수 있구나

누구를 미워하는 것이 정말 힘든 일입니다. 미움이 있는 이유는 남의 행동을 따져서 있는 것입니다. '어찌 그럴 수가' 하는 마음 때문에 우리가 힘든 것입니다. 다른 사람을 탓하더라도 미움은 우리의 책임입니다.

미움으로 상대방의 행동을 과하게 그려서 안 좋은 면만 봅니다. 상대방을 욕하면 미움을 더 확고하게 하고 우리가 욕을 먹게 됩니다. 상대방을 안타까워하는 마음으로 행동은 비판할 수 있지만 사람을 나쁘다고 하면 안 됩니다.

한 사람과 싸우면 두 사람, 세 사람과 싸워야 합니다. 미움은 골칫덩어리입니다. 험담으로 미움을 더 키우지 않고 '그럴 수 있구나' 생각해서 상대방을 좀 봐줄 수 있다면 미움이 놓아집니다.

마음에서 미움이 어떻게 작동하는지 볼 수 있다면, 미움이 어떻게 해가 되는지 분명히 볼 수 있다면 미움이 줄어듭니다. 미움만 극복할 수 있다면 세상 어디서도 적을 찾을 수 없고 마음의 평화를 누릴 것입니다.

자신의 수행

가장 중요한 불사는 자기 불사, 자신의 수행입니다. 가까운 사람에게 줄 수 있는 가장 좋은 선물은 자신의 수행입니다. 사회를 돕는 가장 좋은 방법은 자신의 수행입니다. 세상을 더 밝게 하는 가장 좋은 방법은 자신의 수행입니다. 다른 사람을 행복하게 하는 가장 좋은 방법은 자신의 수행입니다.

죽을 때 유일하게 도움이 되는 것이 자신의 수행입니다. 다음 생으로 가져갈 수 있는 유일한 것이 자신의 수행입니다. 남기고 가는 가장 훌륭한 유산은 자신의 수행입니다. 자신을 돕는 것이 세상을 돕는 것입니다.

자신이 수행을 가장 잘할 수 있는 길을 찾고 따르세요. 그 누구도, 그 어떤 것도 우리의 수행을 방해하게 하면 안 됩니다. 법정 스님 같은 과거의 위대한 스승들은 수행만 하셨지만 아직도 우리에게 도움이 됩니다. 그분들을 본받아서 내면의 참된 행복을 찾아서 세상을 밝히십시오.

본성과 습관

본성과 습관을 헷갈리면 안 됩니다. 사람한테는 안 좋은 습관은 있지만 본성은 훌륭합니다. 나무의 본성은 바르게 자라는 것이지만 상황 때문에 꼬불꼬불하게 자랄 수도 있습니다. 우리도 바르게 살고 싶지만 나쁜 습관이 만들어집니다.

본성은 변함이 없고 파괴할 수 없지만, 습관은 일시적이며 없앨 수 있습니다. 자신과 타인을 본성을 기반으로 해서 대하는 것이 중요합니다. 나빠서 잘못하는 것이 아니라 습관에 의해서 어쩔 수 없이 잘못한다는 것을 볼 줄 알아야 합니다. 습관을 본성으로 보면 안 된다는 것이죠. 본성과 습관을 바르게 보는 것이 티베트불교에서 말하는 '순수한 견해'입니다.

나의 기도

나의 철학은 'Don't worry, Be happy.'

나의 수행은 마음(생각)을 쉬는 것

나의 기도는 온전한 내맡김

나의 동기는 남을 생각하는 것

나의 고행은 온전히 받아들이는 것

나의 도반은 지금 여기 이 순간입니다.

미움보다 더 힘든 것

미움보다 더 힘든 것은 미움을 두려워하는 마음입니다. 슬픔보다 더 힘든 것은 슬픔을 원하지 않는 마음입니다. 고통보다 더 힘든 것은 고통을 싫어하고 고통으로부터 도망가는 마음입니다. 우리는 불안을 불안해하고 두려움을 두려워하고 슬픔을 슬퍼해서 힘듭니다.

감정에 대한 태도와 대하는 방식을 바꿔야 합니다. 힘들어하는 감정이 찾아올 때 다음과 같이 말을 걸어 보세요. '감정아 왔구나. 잘 왔어. 여태까지 너를 싫어하고 피하려고 해서 미안하다. 얼마든지 있고 싶은 만큼 있다가 가고 싶을 때 가. 환영한다.'

연민하는 마음으로 자신의 감정을 바라보세요. 조건 없는 사랑으로 감정을 껴안아 보세요. 용기를 가져서 감정과 100% 함께하세요. 아프고 불쾌하고 불편할 수 있습니다. 하지만 받아들이지 않아도 어차피 아픕니다.

외면했던 감정이 우리와 하나가 되면 치유가 일어납니다. 아프지만 정화가 됩니다. 고통은 직면하면 자유로워지고 도망가면 따라다닙니다.

수행은 기억하는 것

수행은 기억하는 것입니다.
생각을 굴리지 않아도 된다는 것
생각과 감정이 우리가 아니라는 것
우리의 본성이 훌륭하다는 것
욕심은 부질없다고
아집이 고통을 만든다고
모든 현상이 무상하고 공하다는 것을
기억하는 것입니다.
알아차림과 보리심을 기억하는 것입니다.
알아차림은 티베트 말로 '트렌빠', 기억한다는 뜻입니다.
중생의 유일한 죄는 망각입니다. 참나를 잊고 윤회에서 헤매고 있어요.
우리가 부족함이 없고 이미 지혜롭고 자비롭고 행복하다는 것을 늘 까먹고 있어요.
수행은 어렵지 않습니다. 기억만 하면 됩니다.
기억하십시오. 힘내시고 자신감을 가지십시오. 기억하는 것과 자신감이 전부입니다.

힘든 감정을 대하는 법

- 감정을 기다리세요. 찾아올 때마다 당황하지 말고 자주 찾아오는 친구처럼 기다리세요. 준비된 마음으로 또 올 줄 알면 당황하지 않습니다.
- 감정이 일어날 무렵에 위험한 줄 알고 정신을 바짝 차리세요. 적이 다가오기 때문에 잘 알아차려야 합니다.
- 구체화하지 않는 것이 무엇보다 중요합니다. 생각과 말로 구체화하는 만큼 점점 감당하기 어려워집니다. 처음부터 별일로 만들지 않으면 별일이 되지 않습니다.
- 시각을 바꾸세요. 일어나는 감정은 자신의 업, 마음의 습관일 뿐입니다. 업을 업으로 보고 엉키지 않는 것이 결정적입니다.
- 기회로 보세요. 어려움이 있을 때, 원치 않은 감정이 자주 일어날 때가 부처님의 가르침을 실천할 수 있는 가장 이상적인 기회입니다. 프라이팬은 뜨거울 때 잘 닦을 수 있듯이 감정이 일어날 때 업을 닦을 수 있어요.
- Let it be 하세요. 감정과 함께하면 문제가 되지만 알아차림과 함께하면 어떤 감정도 전혀 문제가 되지 않습니다. 바

람이 허공으로 사라지듯이, 구름이 하늘로 사라지듯이, 알아차림으로 감정이 사라지게 허용하세요. 알아차림과 함께하고 감정은 있는 그대로 그냥 두세요.

- 감정을 두려워하지 말고, 피하려고 하지 말고, 파고 들어가세요. 습관과 반대로 하세요. 용기를 가져서 감정을 직면하면 생각보다 힘들지 않고 무섭지 않습니다.

어려움이라고 하는 것, 장애라고 하는 것은 생각으로 구체화한 것입니다. 생각과 감정과 상호작용 하는 것이 윤회이며 고통입니다. 반대로 일체 구체화하지 않고 청정한 마음, 즉 알아차림과 함께하는 것이 해탈이며 행복입니다.

이미 복이 많아요

수행을 하면 복이 많아지는 것이 아닙니다. 이미 복이 많다는 것을 알아보게 됩니다.
수행을 하면 모자란 게 채워지는 것이 아닙니다. 모자라지 않다는 것을 알아봅니다.
수행을 하면 행복해지는 것이 아닙니다. 이미 행복한 본성을 알아보는 것입니다.
수행을 하면 지혜로워지고 자비로워지는 것이 아닙니다. 이미 지혜롭고 자비로운 자신을 알게 됩니다.
수행은 우리가 달라지는 게 아닙니다. 달라질 필요가 없는 자신을 알아보게 됩니다.

상황이 좋아지는 게 아닙니다. 인생은 좋은 일과 안 좋은 일이 번갈아 일어납니다. 이것은 바꿀 수가 없습니다. 수행을 하면 좋은 상황도 안 좋은 상황도 전적으로 받아들이게 됩니다. 무상과 환영 같은 본질을 알아보게 됩니다.

수행은 인지, 알아보는 것입니다. 우리는 정말 복이 많아요. 알아보지 못할 뿐입니다. 우리는 평화의 시대에 모두 왕처럼 살고 놀라운 편리와 안락을 누리고 있습니다. 수행할 여유와 능력까지 있습니다.

'어떻게 이렇게 복이 많지' 종종 놀랍니다. 자신도 세상도 다 괜찮다는 것을 알아보는 게 우리의 숙제입니다. 자신과 세상이 달라지기를 바라지 않고 무슨 일이 있을까 봐 걱정하지 말고 크게 만족하고 만사에 감사하세요. 이것이 바로 깨달음입니다!

가장 가까운 사람이 마음을 아프게 합니다

가장 사랑하는 사람을 가장 아프게 한다는 서양 노래 가사가 있습니다. 친하면 친할수록 알아차림이 없어서 상처 주는 말을 하게 됩니다. 잘 알기 때문에 허물을 말해서 마음을 아프게 합니다.

다른 사람의 허물을 지적하는 것은 상처에 소금을 바르는 것과 같습니다. 이미 예민하고 아픈 부위를 건드리는 거죠. 허물을 지적해서 좋은 결과를 갖는 것보다 아픔으로만 남는 경우가 더 많습니다. 상처를 받으면 다시 상처를 주고 칼싸움하듯이 서로 아프게 합니다.

마음이 너무 느슨해서 무심코 상처 주는 말을 합니다. 그래서 존중을 놓치지 않고 알아차려서 말조심하는 것이 중요합니다. 농담으로도 남을 비하하는 말은 삼가야 합니다.

친한 사람은 깊고 소중한 인연입니다. 조심스럽고 섬세한 말과 행동으로 사랑을 올바르게 표현하는 것이 중요합니다. 말은 상처를 치유할 수도 있습니다. 힘과 격려와 치유가 되는 부드러운 말은 보시행이며 자비수행입니다.

'몰라' 수행법

명상은 번뇌 망상으로부터 벗어나 본성과 익숙해지는 것입니다. '몰라' 하는 순간 망상이 깨지고 본성과 연결됩니다. 모든 고통은 생각을 이어 가서 생깁니다. 몰라 하면 생각으로부터 즉시 자유로워집니다. 생각이 놓아지면서 본성이 드러납니다. 우리의 본성은 생각 없는 깨어있음입니다.

몰라는 마법의 진언, 해탈의 만트라입니다. '에이, 몰라'는 외면이지만 지견知見을 갖춘 몰라는 지혜입니다. 몰라의 깊은 뜻을 알고 하면 수행이 됩니다. 몰라 하는 순간 현존하는 마음을 알아볼 줄 알아야 합니다. 무심코 하는 몰라는 도움이 되지 않죠.

몰라를 믿고 의지하십시오. 몰라가 본성이기 때문입니다. 몰라가 평화, 자유, 해탈이기 때문입니다. 몰라가 받아들임, 몰라가 내려놓음, 몰라가 불이자각, 본성의 지혜입니다. 몰라란 생각으로 무엇을 만들 필요가 없다는 거예요.

얼마나 좋아요? 알아낼 필요 없다는 게, 개념 지을 필요 없다는 게, 구체화하지 않아도 된다는 게, 결론 내릴 필요가 없다는 게, 얼마나 좋아요? 몰라도 된다는 것이! 몰라를 이해하고 믿고 의지하고 깨닫는 것이 우리의 수행입니다.

너무나 간단하면서 너무나 깊고 도움이 되는 수행법입니다. 숭산 큰스님은 40여 년 동안 부처님의 법을 가르치지 않고 오직 '몰라'만 실천하고 가르쳐 주셨답니다.

처음에는 몰라의 만트라를 많이 활용하지만 명상의 힘이 깊어지면 자연스럽게 몰라의 필요성이 없어지면서 그냥 깨어있게 됩니다. 몰라 만트라를 마음껏 활용하십시오!

마음공부 10가지 지침

- 감각적인 즐거움이 참된 행복의 원인이 아니라는 것을 알고 추구하지 않는다. 오감의 대상을 깨어있는 마음으로 집착 없이 즐긴다.
- 돈과 명예와 명성과 이생에 대한 일체 마음을 접는다. 이생에 대한 집착이 고통으로만 남는다는 것을 알고 세속적인 추구를 버린다. 생계를 유지하되 마음은 해탈로 향한다.
- 손해 보는 것이 목적이며 타인의 이익을 추구하려고 한다. 패배를 내가 지니고 승리를 남에게 준다.
- 안 좋은 상황을 좋게 보려고 하고 교훈과 자비심을 얻으려고 한다.
- 다른 사람과 있을 때 자비심으로 조심스럽고 섬세한 말과 행동을 하려고 한다. 마음을 조심스럽게 가져서 이기심을 주의한다.
- 혼자서 집안일을 하거나 목욕할 때, 밥 먹을 때나 산책할 때 유일한 목적은 알아차림이다. 알아차림으로 향하여 알아차림을 기다리고 알아차림을 찾는다. 혼자 있는 시간을 알아차림을 기르는 명상의 시간으로 삼는다.

- 아집과 못된 마음이 한순간도 자리 잡지 않게 주의한다.
- 불평불만이 커질 여유가 없도록 주의한다. 조용히 저절로 가라앉게 지켜본다.
- 부정적인 마음에 지배받지 않겠다고 마음을 먹고 주의한다.
- 모든 상황과 벗하기로 한다. 전적으로 받아들이기로 결심한다.
- 무엇보다도 매 순간 일체 개념이 끼어들지 않고, 일체 구체화하지 않는 Don't Know Mind, 청정한 본마음을 1순위로 삼고 알아차린다!

잘하고 있지 않지만 제가 지향하는 마음공부 10가지 지침을 공유합니다.

밖을 보지 않고 마음을 보세요

다른 사람을 못마땅해하는 마음에서 자신의 마음을 볼 수 있습니다. 자신의 업이 다른 사람을 비추어 주기 때문입니다. 다른 사람이 인색하다고 생각할 때 자신의 인색한 업을 알아차릴 수 있어요. 자신의 업을 보고 인정하면 업이 닦아집니다.

마음이 일어날 때마다 자신을 살피면 자신에 대해서 배울 수 있는 이상적인 기회입니다. 업장 소멸의 훌륭한 기회를 놓치지 않고 마음을 잘 살피는 게 중요합니다. 밖을 보고 남을 따지는 것이 습관이며 마음을 보고 내려놓는 것이 수행입니다.

다른 사람과 잘 지내는 법

다른 사람과 같이 오래 있으면 마음이 올라오기 시작합니다. 싫증, 미움, 오만, 질투 같은 번뇌가 올라옵니다. 마음이 올라와도 같이 잘 지낼 수 있는 방법을 소개합니다.

- 올라오는 마음을 자신의 업으로 알아보기. 다른 사람에게 허물이 있는 것보다 마음의 습관이라는 것을 인지하면 다른 사람을 따지는 대신에 마음을 해결하려고 합니다.
- Let it be. 올라오는 마음을 생각으로 해결하려면 마음이 더 강하게 올라옵니다. 감정을 있는 그대로 지켜보는 것이 감정을 가라앉게 하는 최고의 방법입니다.
- 감정이 지나가면 사무량심 명상을 합니다. '당신도 나와 똑같이 훌륭한 본성이 있고 오직 행복을 바라니 행복하기를. 고통에서 벗어나기를.' 사랑과 연민의 마음을 짧게 가능한 자주 가져 봅니다.

자신에게 친절하세요

자신에게 친절하라는 것은 자신의 생각과 감정에게 친절하라는 것입니다. 일어나는 어떤 생각과 감정을 조건 없이 받아들이는 것입니다. 생각과 감정을 알아차림의 광활한 공간 속에 그냥 두는 것입니다. 좋아하지도 싫어하지도 않고 상냥하게 열려 있는 마음으로 그저 알아차리는 것입니다.

미움을 그냥 두세요.
욕심에게 친절하세요.
질투와 오만에게 마음을 여세요.
슬픔을 껴안아 보세요.
불안과 두려움을 허용하세요.
어머님이 모든 자식을 사랑하듯이
우리의 모든 감정을 사랑하세요.

감정을 조건 없이 받아들인다는 것은 자신을 조건 없이 받아들인다는 것입니다. 그러면 다른 사람도, 세상도 조건 없이 받아들일 수 있습니다.

자신을 존중하세요

다른 사람을 존중하는 것처럼 자신을 존중해야 합니다. 다른 사람의 마음을 헤아리는 것처럼 자신의 마음을 헤아릴 줄 알아야 합니다. 다른 사람의 말을 무심코 따르지 말고 자신의 마음을 잘 살피세요. 다른 사람이 원하는 것을 존중하는 것처럼 자신이 원하는 것도 존중하세요.

여린 마음으로 자신을 희생하는 것이 자비심이 아닙니다. 진정한 자비심에는 항상 힘이 있습니다. 하기 싫은 것을 꼭 해야 할 의무가 없어요. 있고 싶지 않은 자리에서는 친절하게 인사하고 일어나면 돼요. 가고 싶지 않은 곳에 안 가도 큰 문제가 없다면 가지 마세요. 자신의 마음을 잘 살펴서 지혜롭게 결정하고 친절하게 말하면 돼요. 대부분 사람들도 잘 받아들일 거예요.

나는 늙고 병들고 죽을 것이다

오만으로부터 벗어나게 하는 주문:
'나는 늙고 병들고 죽을 것이다.'
게으름으로부터 벗어나게 하는 주문:
'나는 늙고 병들고 죽을 것이다.'
욕망으로부터 벗어나게 하는 주문:
'나는 늙고 병들고 죽을 것이다.'
원망 원한으로부터 벗어나게 하는 주문:
'나는 늙고 병들고 죽을 것이다.'
세속에 대한 집착으로부터 벗어나게 하는 주문:
'나는 늙고 병들고 죽을 것이다.'
인연을 소중하게 만들고 삶을 의미 있게 하는 주문:
'나는 늙고 병들고 죽을 것이다.'
이 순간이 살아나고 실상을 알게 하는 마법 같은 주문을 종종 외워 보세요.
'나는 늙고 병들고 죽을 것이다.'
배고픔으로부터 벗어나게 하는 주문:
'가든 스페셜 패밀리 사이즈 피자, 배달 가능합니까?'

일을 잘하기 위한 조언

부지런한 사람은 일이 많아도 시간이 있습니다. 부지런하지 못한 사람은 일이 적어도 시간을 허비합니다. 일의 노예로 살지 말고 자신이 주인이 되세요. 몸도 마음도 잘 보살피세요. 일에 매달리지 말고 일을 이끄는 좋은 습관을 만들어 보세요. 쉬운 일은 아니지만 습관을 바꾸면 무슨 일을 해도 즐겁고 잘하게 됩니다.

- 한 가지 일에 온전히 깨어있는 것이 핵심입니다. 하나부터 잘하십시오.
- 생각이 날 때 그때그때 하세요. 미루는 습관이 치명적입니다.
- 일찍 가세요. 일찍 하세요. 미리미리 해 놓으세요.
- 그냥 하세요. Just do it!
- 소신이 너무 강한 것도 너무 없는 것도 좋지 않습니다. 너무 강한 것도 너무 약한 것도 좋지 않습니다. 중도를 지키세요. 지혜롭게 기여하세요.
- 갈등이나 문제가 생길 무렵에 바로잡는 것이 중요합니다.

커지면 감당하기 어렵기 때문입니다.

- 배려, 겸손함, 이타심은 약한 마음이 아니고 유리하고 현실적입니다. 다른 사람을 생각하는 사람은 결국 존경과 사랑을 받습니다. 에고가 예민하고 자기만 생각하는 사람은 결국 비난을 받고 해를 당합니다. 야단과 비판을 잘 소화할 줄 알아야 합니다. 단체나 회사에 좋게 기여하고 힘이 되는 사람이 되세요.

널널하게 지내는 중이 일하는 사람의 입장을 어떻게 알겠어요. 저도 못하면서 '하세요. 하세요' 하는 사람이 되었네요. 같이 노력해 볼게요.

용서는 시간이 걸릴 수 있어요

용서하지 마세요. 아직 준비가 안 됐으면요. 용서도 과정입니다. 시간이 걸릴 수 있어요.

당장 용서를 안 해도 돼요. 자신의 한계를 인정해서 스스로에게 친절하세요.

동시에 자신만 힘들게 하는 미움은 키우지 마세요. 그리고 언젠가는 용서할 수 있기를 발원하세요.

지혜로운 대화법

- 그냥 하라고 하지 말고 하면 어떻게 좋은지 구체적인 설명과 함께 요청하면 흔쾌히 따를 가능성이 높습니다.
- 누구를 초대할 때는 언제 어디서 어떤 행사인지 밝히고 초대하세요. 시간과 날짜만 말하고 시간이 있는지 물어보면 상대방이 곤란할 수 있어요.
- 일반적으로 투명하고 솔직한 것이 좋아요. 눈치 보느라고 약한 마음으로 모르는 척하거나 솔직하지 못한 것이 안 좋은 경우가 많아요. 선의의 거짓말은 어쩔 수 없을 때, 정말 가끔 하는 것이지 습관적으로 하는 것이 아닙니다.
- 자신의 의견을 사실처럼 말하지 마세요. '제 의견일 뿐입니다'라고 해야죠.
- '이렇게 하세요'보다 '이렇게 하면 어떨까요?' 이것이 더 친절하고 효과적이에요.
- 나이와 성별과 혼인 상태와 직업들에 신경 끄세요. 한 인간이 한 인간으로 대하면 되죠.
- 생긴 것을 칭찬하거나 비판하면 안 돼요. 칭찬은 찜찜하고 비판은 못됐어요. 생긴 것보다 인품을 칭찬하세요.

감당하기 어려운 감정이 일어날 때

감당하기 어려운 감정이 일어날 때 주의를 몸으로 가져오세요. 머리에 남아 있으면 감정을 키우게 됩니다. 항상 생각으로 감정을 정리하고 해결하려고 합니다. 대신에 몸을 느껴 보세요. 몸에서 어떤 반응이 일어나는지 알아차려 보세요. 몸에 주의를 기울이는 자체가 몸과 마음을 편안하게 합니다.

생각과 상호작용을 하면 생각이 더 많아지고 감정에 힘을 부여합니다. 감정과 같이 오는 생각은 항상 틀렸어요. 재잘거리는 얼간이예요. 멍청이가 하는 말을 들으면 안 되죠. 감정이 지나갈 때까지 몸과 함께하세요. 얼간이가 가고 나면 제정신으로 생각할 수 있어요.

업은 틀림없다

인과 업은 우리가 품는 대로 받는다는 것이다.

욕심이 있으면 갖지 못하고

악의를 품으면 해를 당하고

욕을 하면 욕을 먹고

말이 많으면 아무도 안 듣고

상처를 주면 예민해지고

거짓말하면 아무도 안 믿고

살생을 하면 몸이 허약하고

훔치면 가난하고

바람을 피우면 자주 싸우고

남을 해치는 것이 자신을 해치는 것이다.

업은 틀림없다.

선의를 가지면 일이 잘 풀리고

만족하면 복이 오고

칭찬을 하면 칭찬을 받고

말이 적으면 존경을 받고

말이 부드러우면 상처를 안 받고
투명하면 친구가 많고
남을 살리면 건강이 좋고
충실하면 화목하게 지내고
베풀면 부자가 되고
남을 돕는 것이 자신을 돕는 것이다.
업은 틀림없다.

LIFE

인생은

고치는 것보다

깨어나는 것이다.

알아내는 것보다

내려놓는 것이다.

되는 것보다

존재하는 것이다.

이루는 것보다

하는 것이다.

도달하는 것보다

가는 것이다.

기다려 보고

버티고

앞으로 나가라.

머리에서 나와서

몸으로 살아라.

그냥 하고

그냥 살면
다 괜찮다는 것을
알게 될 것이다.

스스로에게 약속하세요. 생각으로 일체 구체화하지 않고 몰라도 되는 마음을 유지하겠다고 스스로에게 약속하세요. 평정심을 보호하세요. 이것이 수행의 진수입니다. 오직 모를 뿐! 오직 할 뿐!

할 수 있어요

무지는 생각에 속는 것입니다.

고통은 생각에 집착하는 것입니다.

부족하다고 생각하면 부족한 것이고

할 수 없다고 생각하면 할 수 없는 것이고

행복할 수 없다고 생각하면 행복할 수 없죠.

무엇을 안 해서 문제가 아니라, 무엇이 없어서 문제가 아니라,

생각을 믿어서 문제입니다.

수행은 생각을 내려놓는 것입니다.

개념을 소멸하면 견해가 밝아집니다.

행복을 기다리지 마세요.

생각을 내려놓으면 언제나 가능합니다.

고통에 속지 마세요. 생각을 내려놓으면 고통이 없어요.

깨달음을 미루지 마세요. 생각을 내려놓으면 통찰이 있어요.

할 수 있어요! 연습이 필요해요.

힘 빼고 살아요

우리, 힘주고 살지 말고 힘 빼고 살아요.

삶을 우리가 원하는 대로 이끄는 것이 아니라 알 수 없는 하루하루 삶에 맞춰서 살아요.

바보같이 살지 말고 현명하게 살아요.

삶의 방향이 있는 것은 중요해요. 의미 있고 수행하는 삶을 살고 남에게도 도움이 되겠다는 깨달음으로 향하는 방향이 분명하면 천천히 편안하게 가도 되어요.

바보는 욕심이 많아서 이루지 못할 계획을 많이 세워요.

현명한 이는 삶의 기회를 지켜보고 자연스럽게 계획해요.

수행은 어렵지 않아요.

수행은 릴렉스예요.

저항 없이 모든 상황과 일어나는 모든 마음에 릴렉스 하는 거예요.

릴렉스를 못 해서 문제예요.

저항을 하고 당황하고 힘주고 애쓰며 어렵게 살아요.

족첸(본성명상)은 게으름의 전통입니다. 애쓰지 않은 쉬는 수행입니다.

수행은 힘 빼는 거예요.

수행은 마음을 여는 거예요.

수행은 내려놓는 거예요.

수행은 자연스러움이에요.

Just relax. It's OK. Everything will be all right. Be happy.

휴!

하마터면 열심히 살 뻔했죠?

수행은 마음을 내는 것입니다

수행의 과정은 문사수聞思修입니다.
수행의 원리를 배우고(문)
자기 경험으로 이해를 하고(사)
연습해서 자기 것으로 만드는 겁니다(수).

수행은 마음을 내는 겁니다. 자비심이 있는 것보다 자비심을 내려고 하는 것이 더 중요해요. 알아차림보다 알아차림을 가지려고 하는 의도가 더 중요합니다. 선한 마음, 순수한 동기, 긍정적인 태도는 잘 일어나지 않아서 마음을 내야 합니다.

욕심과 이기심은 너무 익숙하고 저절로 생기지만 깨어있음과 자비심에는 익숙하지 않습니다. 수행은 마음을 내어서 연습하고 익숙해지는 것입니다. 연습으로 쉬워지지 않는 게 없어요. 익숙해지면 자기 것이 됩니다. 점점 자연스러워지고 자비심도 깨어있음도 저절로 납니다. 처음에는 어색하고 자연스럽지 않고 순수하지 않을 수 있어요. 상관없어요! 노력하는 겁니다. 하는 척이라도 해야 돼요. 척으로 잘하게 됩니다.

아는 척은 안 좋지만 자비로운 척, 친절한 척은 괜찮아요. 척이든 아니든 좋은 마음을 내려고 하는 거예요. 할 수 있어요. 꾸준한 노력이 필요한 거예요.

오만의 대치법

저는 슬그머니 제 자랑을 잘합니다. 잘하고 있다는 것, 훌륭하다는 것을 알리고 싶어 합니다. 잘나가고 있으면, 잘하고 있으면 오만이 생기기 마련입니다. 선행을 해도 오만이 생깁니다. 좋은 일에도, 어떤 것에도 오만이 그림자처럼 따라옵니다.

오만은 미세한 번뇌라서 알아차리기 어려워요. 자신도 모르게 말을 돌려서 자랑합니다. 대놓고 자랑할 때도 있고 간접적으로도 많이 합니다. 오만은 내가 잘했다는 '나'를 집착하는 마음입니다. 자랑하면 공덕이 날아갑니다. 공덕을 숨겨야지 계속 남아 있고 커집니다. 다른 사람의 인정은 몸을 건강하게 하거나 마음을 편안하게 하지 않습니다. 스스로 만족하면 다른 사람의 인정을 받을 필요 없어요.

오만의 대치법은 존경심입니다. 모든 존재는 불성(신성한 본성)이 있기 때문에 존경할 수 있어요. 티베트의 위대한 스승들은 개나 소에게도 존중을 표한답니다. 모든 존재의 영성을 인정하는 거죠. 모두 똑같이 무한한 가능성이 있다고 알아보는 것이 오만을 없애 줍니다.

공작새처럼 뽐내서 돌아다니지 말고 머리 숙여 소심하게 다니는 게 보기 좋아요! 비굴한 것과 달라요. 비굴은 두려워서 하는 것이고 겸손은 존중해서 하는 거예요. 자랑해서 남들 피곤하게 하지 말고 겸허하게 없는 척하세요. 겸손한 사람이 결국 다른 사람의 인정과 사랑을 받아요.

오늘 만나는 모든 존재
따뜻함을 주는 태양
스쳐 가는 바람
흔들리는 나무
삼라만상의 신성함을 알아
존중을 표하리라.

인지와 해탈은 동시에 일어납니다

명상은 감정을 바꾸는 것이 아니고 없애는 것도 아니고 허용하는 겁니다. 알아보는 겁니다. 깊이, 자세히, 친절하게 살펴보는 것입니다. 알아차림의 공간에서 감정을 품어 보세요. 알아차림은 감정보다 훨씬 더 큽니다. 여기에 자유와 통찰이 있어요. 이해하게 되면 감정이 풀려요. 《티벳 사자의 서》에서 말하듯이 인지와 해탈은 동시에 일어나요. 감정을 바꿔서 해결되는 것이 아니라 감정을 알아차려서 해결이 됩니다.

알아차림은 정직한 인정입니다. 우리는 자신의 마음에서 어떤 습관이 돌아가고 있는지 모릅니다. 저는 미국에서 살면서 열등감이 심했어요. 그런데 열등감이 있다는 것을 몰랐어요. 몇 년 전부터 알게 되어서 이제 열등감이 없어졌어요. 수행의 과정에서 나의 인색함, 두려움, 욕망, 질투, 오만을 조금씩 알아 가고 있습니다.

알아차림으로 자신의 감정과 습관을 알게 되면 정화가 됩니다. 이것이 알아차림의 힘입니다. 알아차림으로 치유가 됩니다. 알아차림은 받아들임입니다. 외면했던 감정과 습관을 받아들이면 자신과 하나가 되어서 사라지게 됩니다 스스로 안다고 착각해서 자신을 판단하는 것과 알아차림은 다릅니다. 판단은 표층의식에서 일어나기 때문에 잘못되었어요. 통찰과 치유는 심층의식에서 일어납니다. 바로 알아차림의 공간에서 일어나요.

'나는 가치가 없다. 모자란다. 행복할 수 없다. 제대로 할 수 있는 게 없다.' 이런 생각은 표층의식에 집착해서 생기고 굳어진 개념들입니다. 자신과 떨어져 사는 것처럼 우리는 자신을 잘 모릅니다. 자신을 알게 되는 과정이 치유의 과정입니다. 알아차림이란 자신과 함께 사는 겁니다. 우리는 정신이 딴 데 가 있어서 자신을 잘 모릅니다.

삶은 이 순간

우리 머리는 너무 복잡합니다. 바라는 것도 많고 걱정도 많습니다. 뭐가 잘못된 것 같아서 걱정하고 잘못 살아온 것 같아서 아쉬워하고 온갖 생각으로 불필요한 개념으로 이 순간에 이미 있는 행복과 평화와 충만함을 경험하지 못합니다.

잘못됐다고 생각하지 않으면 잘못된 것은 없어요. 우리가 원하는 행복과 충만함은 바라는 것을 가져서 갖게 되는 것이 아니라 바라는 게 없으면 갖게 됩니다. 하루에 4만 가지 생각을 한다고 하는데 무슨 소용이 있어요? 우리 앞으로는 이렇게 살아 볼까요?

- 간소화. 잡일과 물건을 줄이고 생활을 간소하게 한다. 미니멀리즘Minimalism을 추구한다. 가진 것이 적을수록 더 행복하다. Less is more.
- 적당함. 중도를 지킨다. 적당함에 덕이 있다! 적당히 먹고 적당히 게으르고 적당히 놀고 적당히 일하자. 수행도 자비행도 너무 적게도 하지 말고 무리하게도 하지 말자.
- 이 순간을 살아라. 항상 열려 있고 비어 있고 깨어있으라

항상 의지할 수 있고 살아 있는 마음의 지혜로 살자. 행복도 연습. 깨어있는 연습, 열려 있는 연습이다.

받아들이면 만족합니다. 열려 있으면 행복합니다. 깨어있으면 감사합니다. 만족하고 감사하고 행복한데 무엇을 더 바라겠어요. 잡념이 없으면 언제나 좋아요. 이 순간에 깨어있으라. 감사하라. 만족하라. 기뻐하라. 삶은 이 순간. 놓치지 마세요.

Life is passing by. Don't miss it!

가장 좋아하는 기도

1. 내맡김
2. 고맙습니다.
3. 릴렉스
4. 여기 이 순간
5. 괜찮아
6. 내버려 둬

보리심

보리심이란 타인에게 힘과 행복이 되는 하루를 살겠다는 다짐이며 실천입니다. 타인하고 있을 때 남들을 좋게 보고 내면의 성품이 꽃피게 격려하는 알아차림입니다. 타인의 고통을 통찰하여 함께하며 함께 없애려고 하는 노력입니다.

알아차림을 유지하여 본성이 깨어나고 타인의 본성도 깨어나도록 돕는 겁니다. 어떤 경우에도 못된 생각을 이어 가지 않도록, 아집이 자리 잡지 않도록 주의하며 타인을 생각하는 마음을 놓치지 않도록 알아차리는 겁니다.

남은 인생, 중생의 행복과 해탈을 지원하는 의미 있는 삶을 살겠다는 다짐과 실천입니다. 자기만 생각하는 작은 마음과 고통을 집착하는 마음을 집어치우고 이 세상과 남들에게 선하고 긍정의 힘이 되겠다고 하는 다짐과 실천입니다.

보리심을 다짐하고 실천하는 것이 모든 행복과 복의 원인입니다. 활기를 돌게 하고 자신이 원하는 모든 것이 저절로 이루어지는 여의주입니다. 보리심을 늘 숙고하고 다짐하고 보호하십시오. 인생 화두, 평생 숙제가 보리심입니다.

불안장애는 누구한테나 있어요

자신의 있는 그대로 괜찮다고 느끼는 것이 중요합니다. 잘하는 것도 있고 못하는 것도 있어요. 지혜도 자비심도 한계가 있어요. 내가 이상한 게 아니에요. 아주 친절하지 않을 수도 있어요. 아주 열려 있지 않을 수도 있어요. 불안장애가 있을 수도 있어요. 성격이 좀 독특할 수 있어요. 이게 다 괜찮아요.

당신 자신이 되세요. 자신을 있는 대로 인정하되 조금 나은 자신이 되도록 하세요. 조금 더 친절하고 조금 더 열려 있고 조금 더 따뜻하도록 하세요. 다른 사람을 너무 의식하지 마세요. 조금씩 마음을 내어 보세요. 너무 많이 노력하면 가식을 하는 것이고 너무 적게 노력하면 변화가 없어요. 성격이 조금 이상해도 괜찮아요. 불안장애는 누구한테나 있어요. 자신의 있는 그대로 괜찮아요. 조금만 마음을 내어 보세요.

건강은 수행자의 의무

우리의 몸은 수행의 기반입니다. 최적의 컨디션을 유지해야 합니다.

건강은 수행자의 의무입니다.

몸을 기반으로 해서 깨달음을 얻게 됩니다.

해탈로 가는 도구입니다.

행복의 기준입니다.

가장 중요한 재산입니다.

성스러운 부처님을 모시는 사원입니다. 사원을 바르게, 깨끗하게 지켜야 합니다.

바른 음식과 운동으로 공양 올려야 합니다.

몸을 돌보지 않는 것은 해탈과 행복을 경시하는 것입니다.

기다리면 아무 일이 없어요

수행은 기다리는 것이라고 할 수 있어요.

습관은 반응하는 것이고요.

반응하는 마음이 아집이며 업입니다.

자비심도 기다리는 것이라고 할 수 있어요.

기다리지 못해서 갈등을 만들어요.

생각을 굴리지 말고 결론을 내리지 말고 부정적인 마음으로 말하고 행하지 말고 기다려 보세요.

기다리는 게 거의 모든 문제를 해결해 줘요.

기다릴 수 있으면 자비심을 갖는 것도 어렵지 않아요.

기다려서 순수한 동기로 말과 행동을 하면 됩니다.

너무 복잡하게 힘들게 하지 마세요.

기다리면 아무 일이 없어요.

아무 문제없어요

'만사에 감사합니다. 아무 문제없어요.'
오늘과 매일 이 화두로 살아 보세요. 오늘 어떤 일이 있어도 어떤 경험을 하더라도 이 화두를 외워 보세요.

피곤하고 기운이 없을 때
절망하고 낙담할 때
억울한 일이 있고 불공평한 일을 당할 때
걱정 근심이 올라올 때
안 좋은 소식을 들을 때
불안하고 두려움이 올라올 때
불평불만이 있을 때
슬프고 우울할 때

'만사에 감사합니다. 아무 문제없어요.'
원하지 않는 경험을 하는 것은 어쩔 수 없지만 불만을 가지는 것은 어쩔 수 있어요. 어떤 일이 생겨도 아무 문제없는 것이 수행의 길이며 결과입니다.

감정을 다루는 3단계

- 이름 붙이기: 분노이든 슬픔이든 불안이든 조용히 이름을 외워 봅니다. 슬픔, 슬픔, 슬픔.
- 괜찮아: 슬픔이 있어도 괜찮아요. 감정을 허용합니다. 조용히 외워 봅니다. 괜찮아, 괜찮아, 괜찮아.
- 몸으로 돌아옵니다. 머리에서 나와서 몸과 함께합니다. 머리와 함께하는 것이 망상이고 몸과 함께하는 것이 명상입니다. 몸에 어떤 느낌이 있는지 살펴봅니다. 몸도 마음도 편안하게 가집니다.

이와 같이 감정을 객관적으로 친절하게 바라볼 수 있다면 통찰이 오는 경우가 많습니다. 이해가 되면 감정이 풀립니다.

게으를 수 있는 방법

저처럼 게으를 수 있는 방법을 소개합니다.

- 많은 계획을 하지 않습니다. 이루지 못하는 온갖 계획을 만드는 것이 무슨 소용이 있어요? 대신에 의미 있는 삶과 선한 마음을 갖기를 발원합니다.
- 자기가 생각하는 이상적인 삶과 이상적인 자신에 대한 개념을 버립니다. 이 개념에 맞게 살기 위한 모든 전략을 버립니다.
- 있는 것에 만족, 만사에 감사!
- 이 몸하고 완전 괜찮고 자신하고 완전 괜찮습니다. 자신을 있는 그대로 사랑합니다. 자기개발 끝났어요. 살 안 뺄게요.
- 습관을 바꾸려고 하지 않고 일어날 때마다 친절하게 알아차립니다. 습관 바꾸는 게 완전 일이에요. 친절하게 같이 사는 것을 배워야죠.
- 욕심, 원한, 불만, 너무 힘들어요. 몽땅 버리세요. 밀지도 말고 당기지도 말아요. 힘 빼요. 심플하게 살아요.
- 바쁘게 지내는 의미 없는 활동, 쓸데없는 만남 갖지 마세

요. 가지 마세요. 안 하면 끝! 피곤하기만 해요.

- No는 어려워요. Yes가 훨씬 쉬워요. Yes, yes, yes. 아픔에게 yes. 어려움에게 yes. 불편함에게 yes. 고통에게 yes. 삶에게 yes.
- 절대 포기하지 않습니다. Try, Try, Try. 포기하는 게 힘들어요. 힘이 빠지고 시간도 많이 뺏겨요. 한번 포기하면 다시 일어서는 데 엄청난 노력이 필요해요. 결코 포기하지 않고 좌절하거나 체념하지 않으면 불필요한 일을 피할 수 있어요.

저는 게을러서 누구를 미워하지 않고 머리를 굴리지 않고 결코 포기하지 않습니다. 게으름에 관심 있으신 분들은 저처럼 좀 게으르게 살면 어떨까요? 지금 당장 쉬세요. 영원한 백수, 영원한 휴가, 어떠세요? 하루 종일 쉬면서 살아 보세요(이제 좀 쉴게요. 힘들어요).

사랑만 연습하세요

타인하고 있을 때 우리의 수행은 사랑입니다. 사랑은 판단하지 않습니다. 판단을 내려놓고 사랑으로 돌아오세요. 사랑은 스스로 괜찮다는 것을 느끼게 해 줍니다. 사랑은 스스로 가치가 있다고, 사랑을 받을 수 있다고, 알게 합니다.

사랑은 있는 그대로 좋아합니다. 사랑은 '괜찮아'입니다. 사랑은 힘을 줍니다. 격려합니다. 보호합니다. 사랑은 기대가 없어요. 바라지 않고 두려워하지 않아요. 사랑은 바꾸려고 하지 않고 받아들입니다. 열려 있습니다. 껴안아 줍니다.

사랑은 아프게 하지 않습니다. 존엄을 보호합니다. 스스로 반성하게, 스스로 깨닫게 합니다. 사랑은 평화로운 현존입니다. 같이 있습니다. 들어 줍니다. 함께합니다. 사랑은 아픔과 함께합니다. 누구의 아픔이 아니라 그냥 아픔이라서 들어 줍니다.

사랑은 나도 없고 너도 없습니다. 사랑은 방향도 경계도 한계도 없습니다. 사랑은 너도 나도 바꿔 줍니다. 사랑은 너도 나도 치유합니다. 결국 바꿀 것이 없다는 것, 치유할 필요가 없다는 것을 알게 합니다.

너도 사랑

나도 사랑입니다.

앞에 있는 나무도

지금 마시는 커피도

내리는 비도

사랑입니다.

사랑만 연습하십시오.

타인하고 있을 때

마음을 내어 보세요.

오직 사랑만 마음에 두세요.

사랑은 어렵지 않고 복잡하지 않습니다.

잘 아는 사람도 잘 모르는 사람도 사랑은 할 수 있어요.

시공을 넘어서

멀리서도 가까이서도

마음으로 속삭여 보세요.

I love you.

I love you.

I love you.

모든 중생 고통에서 벗어나기를

마음이 불안하고 두려움이 올라오는 것은 당연한 것입니다. 하지만 마음한테 속지 않도록 마음의 습관을 잘 알아차리는 것이 중요합니다. 마음은 상황을 과하게 그려서 스스로 감당하지 못하게 합니다. 없는 것도 만들어 내고 마치 희망이 없고 답이 없는 것처럼 비춰 줍니다.

마음의 습관을 습관으로 알아보는 것이 중요합니다. 마음은 무상을 알아차리지 못하고 영구성을 집착합니다. 상황이 영원할 것처럼, 해답이 없는 것처럼 그려 줍니다.

마음은 다양성을 알아차리지 못하고 단일성을 집착합니다. 모든 것을 흑백으로 그리고 좋고 나쁘고 분별합니다. 어떤 것도 100% 좋고 어떤 것도 100% 나쁜 것이 없어요. 어려움에서 배울 것이 많아요. 위기에서 교훈을 놓치지 않으면 더 나은 세상을 만드는 계기가 될 수도 있어요.

인류 역사에서 인간은 위기를 잘 극복해 왔습니다. 위기는 처음이 아니고 마지막도 아닐 겁니다. 마음은 서로 연결이 되어 있다는 연기(상호의존)와 인과법칙을 놓치고 독립성을 집착합니다. 모든 탓을 하나에게 몰아서 남을 탓하고 자신의 책임은 외면합니다.

인간의 무책임한 행동으로 위기가 일어난 것입니다. 원인이 없는 것이 아닙니다. 인류의 시민으로 우리 모두에게 책임이 있습니다. 자신의 생활 방식을 반성할 시기입니다. 인간은 동물 중에 가장 나쁜 동물입니다.

동물과 환경의 고통을 무시하고 끝없는 욕심과 지각없는 소비로 건방지게 살아온 자신의 삶을 살필 때입니다. 저는 이런 말을 할 수 있는 자격이 하나도 없어요. 자신을 위한 조언으로서 감히 여러분들과 글을 공유합니다. 기도합니다. 성찰합니다.

모든 중생 고통에서 벗어나기를
내가 고통에 기여하지 않을 수 있기를
모든 중생 행복하기를
내가 모든 중생의 행복에 기여할 수 있기를

지혜의 명언 13가지

- 무엇을 하는 것보다 어떻게 하는 것이 더 중요하다.
- 번뇌가 강인할 때 우리도 강인해야 한다.
- 크고 작고 약속은 꼭 지켜라.
- 모든 상황과 벗하라.
- 늦지 말고 일찍 가라.
- 말을 아껴라.
- 내일 죽더라도 오늘은 배우라. (티베트 속담)
- 하루를 살아도 간절하게 살아라.
- 손해를 보더라도 교훈을 잃지 마라. (달라이라마 존자님)
- 지는 것이 이기는 것이다.
- 답이 없는 것도 답이다.
- 좋은 상황이 안 좋은 상황이고 안 좋은 상황이 좋은 상황이다. (승상 스님)
- 지혜로운 사람은 경험을 많이 쌓고 어리석은 사람은 경험을 쌓지 못한다.

인정받는 것은 해롭습니다

인정받는 것이 해롭습니다. 인정받기 위한 행동은 이기적인 행동이며 결과가 안 좋아요. 인정받는 것은 개한테 케이크를 주는 것 같아요. 한번 맛보면 계속 달라고 하고 중독이 되어서 개의 건강을 망쳐요.

달콤한 인정, 한번 맛보면 계속 좇아요. 인정과 칭찬을 받고 좋아할수록 비판을 두려워해요. 인정은 너무나 반기고 바라고 비판과 비난은 너무나 싫고 따져요. 이것이 업을 강화하는 에고의 방식이에요.

자신의 업, 바로 마음의 습관을 알아차리는 것이 수행이에요. 인정을 받기 위해 움직이는 자신의 동기를 상대방을 위한 순수한 동기로 바꿔 보세요. 순수한 마음은 결국 인정을 받아요. 지혜롭고 자비로운 마음으로 말하고 행하면 인정을 받기 마련이에요.

칭찬을 받게 되면 자기중심으로 받지 말고 상대방이 공덕을 알아보는 순수한 마음이 있음을 인정하세요. 인정받는 것도 이타심으로 돌리면 업을 강화하지 않고 복을 쌓게 되어요. 인정은 주의하고 비판을 반기세요. 이것이 수행자의 자세입니다

그냥 행복합니다

미움은 피곤해요

미운 사람을 비판하고 따지는 것은 아무 소용없어요. 뭐라고 해도 에고가 하는 헛소리일 뿐이에요. 미움으로 보는 눈과 하는 말과 행동은 업만 쌓고 고통의 원인이 돼요. 행복의 가장 큰 장애와 가장 무거운 업이 미움이에요! 미운 사람과 계속 싸우고 있는 한 마음의 평화를 알 수 없어요. 한 사람과 싸우면 싸울 사람이 배로 나타나요. 마음의 미움을 없애면 세상 어딜 가도 나쁜 사람이 없어요.

미움으로 다른 사람을 비판하는 것, 이제 그만할래요. 피곤해요. 에고와 너무 친근하게 지냈어요. 이제 그만! 자비심을 당장 갖지 못하더라도 미움을 키우는 생각과 말은 안 할래요. 자신을 위한 거죠.

여러분의 심정 저도 알아요. 그 못난 놈 봐주기 싫죠. 그놈보다 더 못난 자신의 에고, 이제 봐주지 마세요. 그놈을 향한 미움을 자신의 에고로 돌리세요. 아집을 용납하지 마세요. 이것도 미움이지만 미움을 없애는 유익한 미움이에요.

화를 내세요. 야단치세요. 미움을 가져 보세요. 자기 아집에게요.

수행자의 참된 모습

- 따지지 않습니다. 오만하게 남들과 상황을 날마다 따지는 것은 정말 나쁜 버릇입니다. 수행자는 자신의 생각과 말과 행동을 따집니다.
- 온화하고 부드럽습니다. 거칠지 않습니다. 냉소하지 않습니다. '안 돼'가 없고 늘 'OK'입니다. 온화한 할아버지처럼 같이 있는 것이 너무 편해요.
- 약하지 않아요. 중심이 잡혀서 의지할 수 있고 기댈 수 있어요. 힘과 용기가 있어서 존경하게 되어요.
- 아집이 세지 않아요. 비판을 받아도 야단을 맞아도 별 반응이 없어요. 자신에게 오는 해는 괜찮아요.
- 다른 사람의 마음을 당황하게 하거나 걱정하게 하지 않아요. 다른 사람의 마음의 평온을 방해하지 않아요. 사람의 존엄을 지켜 줘요.
- 잘 어울려요. 자아감이 강하지 않아서 남들과 한마음이 되어요.
- 먹는 것과 입는 옷과 잠자리를 따지지 않아요. 좋아하는 것은 있지만 집착하지 않고 받아들여요. 성미가 까다롭지

않아요.

- 늘 긍정적이고 명랑해요. 기복이 심하지 않고 여여합니다.
- 좋아하는 사람과 싫어하는 사람이 분명하지 않아요. 모든 사람이 좋아요. 누구랑 같이 있어도 괜찮아요.
- 다른 사람에 대해 관심이 있어요. 남의 행복과 성장에 관심이 있어요.

티베트 수행자의 모습에 항상 감동을 받아서 그분들처럼 되고 싶은 마음으로 지향하는 바를 몇 마디 적어 봤어요.

바다처럼 모든 것을 품고
하늘처럼 모든 것을 허용하고
대지처럼 모든 것을 받아들이고
태양처럼 모두에게 베푸는
수행자가 되게 하소서.

나는 정신병 환자입니다

저에게 과대망상, 편집증, 신경증, ADHD, 건강염려증, 다 있어요. 정신병원 가야 돼요. 그런데 저만 있는 게 아니라 우리 모두에게 다 있어요. 정도가 심하지 않아서 정신병원에 안 가는 거예요. 사실은 윤회가 큰 정신병원이에요(이름을 바꿔야 돼요. 서울특별시에서 서울특별정신병원으로(농담)).

부처님께서 우리 모두가 환자라고 하셨어요. 부처님은 의사이시고 법은 약이며 스승들은 간호사라고 합니다. 불보살들이 우리를 볼 때 정신병 환자 같이 보인대요. 이 시기에 우리의 정신병이 더 많이 드러나고 있어요. 들떠 있어요.

어느 때보다 명상이 필요합니다. 어려움이 있을 때는 좌선을 두 배 하라고 합니다. 그만큼 마음의 힘이 필요하기 때문이죠. 이 어려운 시기를 안거(집중수행)할 때로 삼아 보면 어떨까요? 자기가 자신의 스승이 되어서 매일 좌선하는 시간을 약속해 보시겠어요?

인간은 상황이 어려울수록 수행을 찾게 됩니다. 역경도 좋은 점이 있습니다. 세속적인 즐거움의 허망함을 알고 오만으로부터 벗어나고 수행이 끌립니다. 긍정의 마음을 가져요. 인간성과 상식을 잃지 마세요.

그리고 한번씩 웃어 보세요. 저 같은 웃기는 놈 생각하시면 웃음이 날 겁니다.

데코나니

어떤 상황도 이렇지도 않고 저렇지도 않아요. 그냥 있는 거예요. 여러 조건과 원인의 결과로서 나타나는 거예요. 모든 현상은 그냥 있어요. 그냥 있는 것을 '데코나니(티베트어)', suchness, 여여如如, 또는 여실如實이라고 합니다.

나타나는 것(색)의 실상(공)을 몰라서 좋고 (탐)나쁘고 (진) 집착합니다. 어떤 것은 100% 좋고 어떤 것은 100% 안 좋다고 착각합니다. 공이라는 것은 연기법을 의미합니다. 여러 가지 원인과 조건에 의해서 일어난다는 거예요.

이렇지도 않고 저렇지도 않고 공하다는 것이에요. 이것이 suchness, 데코나니입니다. 이 실상을 깨우치기 위해서 수행을 하는 거예요. 나타나는 것에 속아서 집착합니다. 우리는 상황을 정확히 볼 수 없어요. 알지 못하면서 좁은 판단에 집착해서 고통을 만들어요. 잘 모르면서 집착하지 맙시다. 잘 알면 집착이 없고 이해가 되어서 자비가 있어요.

우리의 수행은 내려놓는 것입니다. 자기 의견, 판단, 집착, 원한. 습관적으로 일어나는 마음을 내려놓는 연습을 하면 통찰이 오기 시작합니다. 통찰(지혜)이 있으면 말과 행동을 자비롭게 할 수 있어요. 지혜는 자비로 표현됩니다.

자동으로 굴러가는 습관적인 마음을 잠시 멈추는 것이 비결이에요. No Touch! 일어나는 마음의 현상을 그냥 두는 것을 배워야 해요. 엉키면 고통이죠. 습관적으로 일어나는 생각을 내려놓는 것을 배우고 연습, 또 연습해야 합니다. 이것이 명상이에요!

그냥 행복합니다

하늘을 맑게 하는 방법을 아세요?
상처를 낫게 하는 방법을 아세요?
마음을 고요히 하는 방법을 아세요?
기다리면 됩니다.
그냥 두면 됩니다.
하늘이 저절로 맑아지고
상처가 저절로 낫고
마음이 저절로 고요해집니다.

'저절로'가 가장 뛰어난 수행 방편입니다.
하늘도 마음도 원래 맑아요. 맑게 할 필요 없어요. 맑은 하늘, 맑은 마음, 기다리면 됩니다. 기다리는 것이 수행의 반이며 그냥 두는 것이 수행의 핵심입니다. 아무것도 안 해도 하늘이 맑아지듯이 아무것도 안 해도 마음이 행복해집니다. 하늘이 원래 맑은 것처럼 우리 마음이 원래 행복해요.

행복은 찾는 것이 아니라 함께하는 것이에요. 알아보는 것이에요. 익숙해지는 것이에요. 행복의 비결은 아무것도 안 하는 것이에요. 그저 현존하는 것이에요. 그냥 깨어있는 거예요.

제 스승님들은 정말 행복하십니다. 왜 행복합니까? 그냥 행복합니다. 우리는 그냥 행복하고 그냥 지혜롭고 자비로운 존재입니다.

사람들이 저에게 물어요. 스님 오늘 뭐 하세요? 아무것도 안 하죠! 아무것도 안 하는 것을 배우면 모든 것을 저절로 이루게 됩니다. 매 순간 마음을 쉬는 거, 바로 이거예요.

간절함

간절함이 있으면 사는 것이고
간절함이 없으면 이미 죽은 것과 같다.
하루를 살아도 간절하게 살아라.
100년 대충 사는 것보다 낫다.
죽음이 문제가 아니라 살지 못하는 것이 문제다.
죽음과 병과 모든 역경을 과감하게 받아들여라.
온갖 집착과 두려움에 매이지 마라. 벌벌 떨지 마라. 외면하지 마라.
가슴을 열고 깨어있어라.
한순간이라도 제대로 살자. 한 가지라도 제대로 하자.
간절함, 이것이 우리의 화두다.

나는 사찰도 도반도 제자도 싫다

나는 사찰에 사는 것이 싫다. 출가해서 식구를 떠났는데, 또 다른 더 큰 식구를 원하지 않는다. 세속의 가족과 뭐가 다른가. 사찰은 집착과 질투와 싸움으로 가득 차 있다. 템플스테이 정도는 좋은데 사는 것은 싫다. 혼자 살면 자유와 평화가 있다. 혼자서 수행을 잘할 수 있다면 이것이야말로 지계바라밀이다.

나는 도반이 싫다. 처음에는 좋더라도 같이 지낼수록 마음만 올라온다. 마음이 열리는 것보다 더 좁아진다. 허물만 보이고 결국 상처로 남는다. 범부끼리 만나서 좋은 일이 있겠는가? 누구하고도 친하지 않고 누구에게도 친절한 만인의 벗이 되고 싶다.

나는 제자가 싫다. 내가 깨우치지 못했는데 누구를 깨우치게 하겠는가? 내 자신도 골치 아픈데 다른 골칫덩어리를 데리고 뭐 하게?

나의 사찰은 이 몸뚱이며
나의 도반은 이 마음이다

더 바랄 게 있겠는가.
선지식이 없으면 무소의 뿔처럼 홀로 가리라.
수행은 법에 기반을 두어라.

법은 소박한 삶에 기반을 두어라.
소박한 삶은 죽을 것이라는 생각에 기반을 두어라.
죽을 것이라는 생각은 한적한 오두막에 기반을 두어라.
- 까담빠 스승들의 격언

인간관계 명언 13가지

- 칭찬이든 비판이든 자기중심으로 받아들이지 마세요.
- 작은 갈등으로 소중한 인연을 버리지 마세요.
- 못된 면과 못해 준 것은 두 번 생각하지 말고 잊으세요.
- 좋은 면과 잘해 준 것은 두 번, 세 번, 열 번 생각하고 널리 알리세요. 칭찬은 가능한 뒤에서 하고요.
- 남 탓하는 것보다 스스로 책임지세요. 우리의 기대로 남에게 부담 주는 것보다 혼자서라도 하겠다고 마음을 가져 보세요. 모범으로 인도하면 잘 따라 합니다.
- 약한 마음으로 하는 말과 행동을 잘 알아차려서 자제하세요. 여린 마음이 자비심이 아닙니다.
- 신중한 행동이 좋은 관계를 만듭니다. 무심코 하는 작은 말과 행동이 다른 사람에게 부담과 해가 됩니다. 말과 행동을 지극히 조심스럽게 하세요.
- 갈등이 생기면 남의 행동을 따지는 것보다 해결책을 찾으세요.
- 말과 행동보다 동기가 중요합니다. 동기를 살펴서 순수한 동기로 말과 행동을 하면 됩니다.

- 다른 사람의 말과 행동보다 그들의 마음을 살피도록 하세요. 상대방의 마음을 이해하는 것이 자비심입니다.
- 어떻게 할지 모를 때는 말과 행동을 자제하고 기다려 보면 저절로 해결이 되는 경우가 대부분입니다. 대부분의 실수는 자제를 못 해서 생긴 겁니다.
- 나쁜 말을 자제하고 미운 사람에게 잘해 주세요. 고행 중에 최고의 고행이며 사람이 되는 겁니다.
- 최악의 관계는 떠나고, 가까운 인연으로 자비심을 배우고, 필연의 관계는 받아들이세요.

두려움과 아픔

우리 모두에게 두려움과 아픔이 있어요. 두려움으로부터 도망가고 아픔을 덮어요. 그래서 두려움이 늘 우리를 따라다녀요. 어둠 속에 숨어 있어요. 아픔은 해결되지 않아요. 두려움과 아픔이 있는 곳에 변화가 있어요. 해탈이 있어요.

두려움을 알게 되고 아픔을 허용함으로써 해방을 갖게 됩니다. 두려움과 아픔이 가장 훌륭한 스승입니다. 두려움과 아픔을 해결해야지만 우리가 원하는 참된 행복을 알 수 있어요. 명상을 하는 사람들도 두려움을 피하고 아픔을 안 느끼기 위해서 하는 경우가 많아요. 두려움을 직면하고 아픔을 느껴야 합니다. 이것이 명상입니다.

혼자 있어도 좋고, 같이 있어도 좋아요

혼자 있으면 외롭고, 같이 있으면 괴롭다고 합니다. 혼자 있을 때 외로운 마음을 알아차리고, 같이 있을 때 괴로운 마음을 알아차리면 됩니다. 외롭고 괴로운 이유는 받아들이지 못하기 때문입니다. 마음을 수용할 수 있다면 외로움은 출리심이 되고 괴로움은 자비심이 됩니다.

혼자 있을 때는 알아차림을 배우고, 같이 있을 때는 인내심을 배웁니다. 저항이 없으면 외로울 일도 괴로울 일도 없고, 혼자 있어도 좋고 같이 있어도 좋아요.

인연을 멀리하고 싶을 때

끊고 싶은 인연을 어떻게 해야 합니까? 자신에게도 상대방에게도 도움이 되지 않는 가까운 인연은 멀리하는 것이 좋을 수 있어요. 할 수 있는 만큼 상대방의 마음을 아프게 하지 않고 최대한 친절하게 말하는 것이 중요합니다. 동시에 돌려서 말하지 말고 핵심을 말하세요. 어떤 경우에는 마음을 아프게 할 수밖에 없어요.

제가 출가한다고 했을 때 아버지가 우셨어요. 부처님도 부인 야소다라를 떠났을 때 엄청난 아픔을 남겼어요. 수행을 하면 세속 사람들과 맺은 인연의 의미와 재미가 없어져요. 수행하고 싶은 마음이 생기면 세속 일과 세속 사람들과 잘 안 맞아요.

인연이 잘 안 끊어지는 경우에 마음을 열고 지켜보세요. 때로 인연은 끊고 싶다고 끊을 수 있는 것도 아니고 안 맺고 싶다고 맺지 않는 것도 아닙니다. 수행이 깊어지면 인연들이 저절로 정리가 되어요. 초발심이 생겼는데, 세속 일과 인연에 끌려가서 수행을 포기하는 경우도 많아요. 그 누구도 그 어떤 것도 우리의 수행을 방해하게 하면 안 돼요. 세속 인연을 멀리하되 아끼는 마음은 계속 있어야 합니다.

스스로 행복하지 않기 때문에

왜 남을 안 좋게 보고 안 좋게 말합니까?

스스로 행복하지 않기 때문입니다.

왜 불만이 많고 감사할 줄 모릅니까?

스스로 행복하지 않기 때문입니다.

왜 인색하고 베풀지 못합니까?

스스로 행복하지 않기 때문입니다.

행복할 수 있어요

행복하지 않다는 것은 자기에 대한 관심, 걱정, 집착이 지나치다는 겁니다. 스스로 행복하면 저절로 감사하고 베푸는 것이 어렵지 않아요. 스스로 행복해지는 방법은 내려놓는 것입니다. 조금 내려놓으면 조금 행복하고 많이 내려놓으면 많이 행복합니다. 행복하고 너그럽고 따뜻한 본성이 아집으로 가려져 있어요.

마음공부를 통해 자신의 행복을 찾으면 세상이 아름답고, 사는 게 재미있고, 다른 사람에게 잘해 주게 돼요. 행복할 수 있어요. 행복해야 해요. 행복할 것이에요. 자신의 행복을 찾아서 다른 사람도, 세상도 행복하게 하세요.

날마다 좋은 날

날마다 좋은 날이란 매일 좋은 일만 있는 게 아닙니다. 그럴 수도 없고요. 그러기를 바라는 것이 날마다 좋은 날을 갖지 못하게 하는 큰 장애입니다.

좋은 일이 있어도 좋고 안 좋은 일이 있어도 괜찮아요. 힘이 있어도 없어도 좋고, 돈이 있어도 없어도 좋고, 일이 잘 풀려도 잘 안 풀려도 좋고, 다 좋아요. 어떤 일이 있어도 아무 문제없고, 다 괜찮아요. 모든 것을 포용할 수 있어요. 평정심. 긍정의 마음을 절대 놓치지 않는 거예요.

상황에 매달리지 않고 상황에 깨어있는 겁니다. 대수용의 마음으로 관대하게, 멋지게 살아 보면 어떨까요? 매일매일 열린 마음으로 하루를 반겨 보세요.

No problem! All is well!

역경은 부처님의 가피

역경은 사람을 만들 수 있고 파멸시킬 수도 있어요. 올라갈 수 있고 내려갈 수 있는 갈림길입니다. 힘과 행복의 원인이 될 수 있고 오래가는 고통의 원인도 될 수 있어요.

역경이 있을 때는 정신을 바짝 차려서 부정적인 마음의 습관을 주의해야 합니다. 방심하면 안 됩니다. 절망에 체념하지 않고 희망을 잃지 말아야 합니다.

포기하는 것은 쉬워요. 용기란 포기하지 않는 마음입니다. 용기는 절망을 없애는 것이 아니라 절망에 빠지지 않는 것입니다. 절망이 커질 공간을 주지 않고 희망을 포기하지 않으면 역경이 생각만큼 어렵지 않고 오래가지 않습니다. 역경은 인간이 되는 입문입니다. 부처님의 가피입니다.

재미있게 살아요

삶은 재미있게 사는 거예요. 이것이 정진바라밀입니다. 정진은 온전히 살아 있는 것입니다. 억지로 명상하고 수행하는 것이 아닙니다. 살아 있는 자체가 즐겁고 재미있어요. 무엇을 즐겁게 하면 힘이 나지 않나요? 정진은 산스크리트어로 비리야 Virya, 힘이라는 뜻입니다.

정진은 의미 있는 삶을 기쁘게 사는 것입니다. 기쁨이 없으면 정진이 아닙니다. 어디서 행복을 찾느냐가 중요해요. 감각적인 즐거움에서 행복을 찾지 않고 보람 있고 의미 있는 일에서 행복을 찾는 것입니다. 선행도 명상도 재미있어요! 여기서 행복을 찾아야 합니다. 어차피 진정한 행복은 다른 데서 찾을 수 없어요.

시간이 아깝고 매 순간 살아 있고 무엇을 해도 기쁜 것이 정진바라밀입니다. 해탈로 향해서 보리심의 동기로 이생을 재미있게 멋지게 살아 보면 어떨까요? 사는 재미를 찾으세요. 이것이 정진바라밀입니다.

좋은 사람 찾지 말고 좋은 사람 되세요

좋은 사람을 찾지 마세요. 좋은 사람이 되세요. 좋은 사람이 된 결과로 좋은 사람을 만날 겁니다.

불사하는 것을 추구하지 마세요. 마음의 불사를 먼저 이루세요. 마음의 불사를 이룬 결과로 불사를 저절로 이루게 됩니다.

사회를 돕는 것을 추구하기 전에 자신에게 도움이 되세요. 자신에게 도움이 되면 사회를 저절로 돕게 됩니다.

좋은 스승 찾지 마세요. 좋은 수행자가 되세요. 좋은 수행자가 된 결과로 좋은 스승을 만날 겁니다.

자기 수행을 우선으로 삼고 마음의 자유와 행복을 이루면 우리가 원하는 나머지는 덤으로 갖게 됩니다. 우선순위가 중요합니다.

청소하러 오는 사람에게 화를 내고 쫓아낼까요? 왜 업장을 소멸하러 오는 감정에게 화를 내고 싫어하세요? 감정들은 자신의 습관을 보여 주기 위해 찾아옵니다. 어떻게 받아들이는지에 따라서 업장이 소멸될 수도 있고 강화될 수도 있어요.

인정하고 허용할 수 있다면 업이 바뀝니다. 싫어하고 불친절하게 대하면 업을 강화하는 겁니다. 감정을 알아차림 속으로 풀어 주는 게 명상의 핵심입니다. 감정을 객관적으로 바라볼 수 있다면 자신에게 어떤 업이 있는지 알게 되고 감정을 놓을 수 있습니다. 감정을 알아차리는 것은 생각을 알아차리는 것입니다.

생각에서 해탈하는 법을 배워야 합니다. 생각을 알아차리면 감정이 풀려요. 이것이 업장 소멸입니다. 업장 소멸은 인정, 알아차림을 의미합니다. 생각을 객관적으로 본다는 거죠.

생각에 가치를 두고 생각과 엉키는 것이 업을 강화시킵니다. 감정에 지배받고 매달리게 됩니다. 생각 해탈법이 무엇보다 중요한 마음공부 기술입니다.

행복은 헌신

행복은 헌신하는 마음에 있어요. 행복에 대한 헌신이 있어야 합니다. 행복이 뭡니까? 열려 있는 마음, 깨어있는 마음입니다. 불행은 산란한 마음, 생각에 잠긴 겁니다. 머리로 살면 불행하고 가슴으로 살면 행복합니다.

마음을 그냥 두고 바로잡아 주지 않으면 업을 쌓고 고통을 찾습니다. 알아차림으로 방향을 잡아 주고 전념해야 합니다. 행복이란 화두로 살아야 합니다. 화두는 파트타임으로 하는 게 아니라 풀타임으로 하는 겁니다. 이런 헌신 없이는 생각의 엄청난 힘을 돌이킬 수 없어요.

'납치를 당하면 어떻게 도망갈 수 있을까'라는 생각을 한순간도 놓치지 않는 것처럼 행복이라는 화두를 결코 놓치면 안 됩니다. 행복하고 싶으면 행복을 약속하고 행복에 헌신해야 합니다. 행복은 알아차림 즉 내려놓음에 있어요. 마음이 산란하지 않도록 행복의 화두를 놓치지 않도록 마음을 먹고 전념하십시오.

좌선의 지침 7가지

- 모든 기대와 잘, 많이 알아차리려고 하는 욕망을 다 버리세요. 명상에 대한 기대가 대표적인 장애입니다.
- 잘하지 못해도 많이 산란해도 괜찮아요. 스스로에게 친절하세요. 자책한다고 더 잘 알아차리게 되지 않습니다. 만족하고 기뻐하면 알아차림이 저절로 찾아옵니다.
- 억지로 오래 앉는 것보다 신선하고 명쾌한 마음을 유지할 수 있는 동안 앉으세요. 앉기 싫은데 계속 앉는 것보다 일어나기 싫은데 일어나면 좌선이 기대되고 앉는 내내 몸과 마음이 가벼워요. 좌선은 짧게 그리고 자주 하는 것이 좌선의 습관을 만드는 비결입니다. 초보자는 5분에서 20분까지 좌선하고 명상의 힘이 깊어지면 시간을 점점 늘릴 수 있어요. 양보다 질!
- 그냥, 그저 앉아요! 일단 궁둥이를 방석에 붙여요. '피곤하다. 시간이 없다.' 핑계 No! Just do it!
- 명상이 잘될 때는 좌선을 오래 하고, 잘 안 될 때는 안 하면 나아질 수 없어요. 일관성 있게 매일 해야 합니다.
- 명상의 체험이 중요한 것이 아니라 의도가 중요합니다. 명

상이 잘되든 안 되든 알아차리려고 하는 의도를 버리지 않으면 명상 체험이 좋지 않더라도 유익한 시간이 됩니다. 고요함에 중요성을 두는 것보다 앎에 중요성을 두는 겁니다. 핵심적으로 명상의 유일한 장애는 알아차리려고 하는 의도를 포기하는 것입니다. TRY!

- 무엇을 하는 것보다 아무것도 안 하는 것이 진정한 명상이에요. 점차 doing에서 being으로 전환합니다.

지금 행복하세요

행복을 미루지 마세요. 지금 행복하세요.
감사를 미루지 마세요. 지금 감사하세요.
수행을 미루지 마세요. 지금 수행하세요.

내일을 기다리느라 오늘을 놓치지 마세요. 지금 기쁨과 함께하세요. 감사와 함께하세요. 수행을 미루면 못 하고 행복을 기다리면 오지 않아요. 행복은 기다리는 것이 아니라 연습하는 거예요.

오늘 하루를 충만하게 기쁘게 보내지 못하게 하는 것은 생각뿐이에요. 다 내려놓고 마음을 열고 지금 오늘 행복하세요. 좋은 하루 보내세요.

수행을 잘못 알고 있어요

우리는 수행을 잘못 알고 있어요. 완벽해지는 것이 수행이 아니라 완벽해야 된다는 강박을 버리는 것이 수행입니다. 자신을 고치는 것보다 받아들이는 것이 수행입니다. 상황을 고치는 것보다 받아들이는 것이 수행입니다. 사람들을 고치는 것보다 받아들이는 것이 수행입니다.

언젠간 어디 가서 무엇을 해서 수행하는 것이 아니라 여기 이 순간의 상황을 온전히 받아들이는 것이 수행입니다. 완벽해질 때까지 기다려서 행복할래요? 아니면 지금 있는 대로 만족하고 받아들여서 당장 행복할래요? 허물을 다 고쳐서 행복할래요? 아니면 허물에 대한 불만을 버려서 바로 행복할래요?

아쉬워하는 것과 바라는 것과 억울하다고 하는 모든 것을 몽땅 버려서 이대로 만족하고 충분하고 그저 깨어있는 것을 배우십시오. 행복과 깨달음으로 가는 지름길입니다. 갈 길은 멀지만 행복하게 갈 수 있어요. 날마다 감사와 만족으로 살 수 있다면 자신이 사랑스럽고 복이 넘칩니다.

좋은 친구

좋은 친구는 안 좋은 말에 맞장구쳐 주지 않습니다.
좋은 친구는 무리한 부탁을 하지 않습니다.
좋은 친구는 마음 아프게 할 말을 전해 주지 않습니다.
좋은 친구는 도로 삐지지 않습니다.
좋은 친구는 우리를 있는 그대로 좋아합니다.
좋은 친구는 좋을 때도 안 좋을 때도 여전합니다.
좋은 친구는 조언을 많이 하는 것보다
잘 들어 주고 같이 있어 줍니다.
좋은 친구는 허물은 봐주고 좋은 점은 키워 줍니다.
좋은 친구는 잘못을 지적해서 마음을 아프게 하지 않고
스스로 깨닫게 도와줍니다.
좋은 친구는 받는 것보다 주는 것을 좋아합니다.
좋은 친구는 믿고 존경하고 의지할 수 있어요.
좋은 친구는 우리를 믿고 가장 좋게 봅니다.
좋은 친구는 같이 있으면 화목하고 기분이 좋아요.
좋지 않은 친구는 멀리하고 좋은 친구는 가까이 하세요.
무엇보다 좋은 친구가 되세요.

어떤 사람

어떤 사람은 좋은 일이 있어도 안 좋게 보고
어떤 사람은 안 좋은 일이 있어도 좋게 봐요.
어떤 사람은 남의 은혜를 이내 까먹고
어떤 사람은 남의 은혜를 절대 잊지 않아요.
어떤 사람은 남을 고치려고 하고
어떤 사람은 자신을 고치려고 해요.
어떤 사람은 날마다 억울하고
어떤 사람은 날마다 감사해요.
어떤 사람은 욕심을 계속 부리고
어떤 사람은 보리심을 계속 키워요.
어떤 사람은 한 번도 베풀지 않고
어떤 사람은 늘 베풀고 살아요.
어떤 사람은 자기만 생각해서 불행하고
어떤 사람은 남을 생각해서 행복해요.
어떤 사람은 생각이 많아서 경험을 쌓지 못하고
어떤 사람은 깨어있어서 많은 경험을 쌓아요.
우리는 어떤 사람으로 살까요?

역행명상

몸이 피곤하거나 아플 때 마음이 우울하거나 불안할 때 원치 않는 모든 상황에서 역행명상을 할 수 있어요. 상황이 힘든 이유는 원치 않기 때문입니다. 안 좋은 상황을 좋게 볼 수 있다면 힘든 것이 없어집니다. 원치 않는 현상을 받아들여서 마음의 힘을 키울 수 있습니다. 피곤함, 통증, 외로움, 짜증, 불쾌함, 병, 모두 정말 좋은 기회입니다. 알아차릴 수 있는 기회, 살펴볼 수 있는 기회입니다. 어떤 것도 긍정의 마음으로 보면 견딜 만합니다. 상황을 좋게 보는 것이 핵심입니다. 피곤하세요? 우울하세요? 잘됐어요! 부처님의 가피입니다.

1. 긍정의 마음으로 기회로 삼고
2. 허용하세요. Let it be.
3. 담담하게 살펴보세요.

저항이 없으면 견딜 만하고 받아들이면 이로움이 됩니다. 이와 같이 마음의 힘을 조금씩 키워 보세요. 수용력을 키우는 것이 명상의 목적입니다.

쉬고 또 쉬고

우리 모두는 지혜를 원합니다. 어디서 찾을 수 있을까요? 생각을 내려놓을 때 생각과 생각 사이에 무한한 통찰이 있어요.

그럼 생각을 어떻게 내려놓을까요? 릴렉스 하는 순간 생각이 놓아집니다. 알아차림 속으로 휴식할 때 지혜가 일어납니다. 이것이 참본성과 연결하는 방법입니다.

쉬고 또 쉬십시오. 수시로 본성과 연결하십시오. 자유롭고 평화로운 자각, 한없는 지혜, 우리 자체입니다.

4가지 종류의 죽음

- 일반적인 죽음: 평생 이생만 생각하고 살다가 죽을 때가 되면 후회와 두려움이 가득 찹니다. 집착하는 사람과 재산과 헤어지는 고통이 엄청납니다. 이생이 지나갈 줄 모르고 헛되게 살아서 후회가 많고 죽음과 그 후가 두려워요.
- 후회 없는 죽음: 시간을 잘 활용하면 후회 없이 살고 후회 없이 죽을 수 있어요. 이생에 실제로 있는 것은 시간밖에 없고 죽을 때 가져가는 것은 경험뿐이에요. 이생을 위한, 무상한 것에 대한 투자는 다 헛된 투자이며 무상하지 않은, 마음에 대한 투자는 유익하며 죽을 때 가져갈 수 있어요. 두려움은 있어도 후회는 없어요.
- 두려움 없는 죽음: 마음공부를 통하여 명상하는 힘이 있는 사람은 두려움 없이 죽을 수 있어요. 알아차림의 힘으로 죽을 때 해탈하거나 좋은 데로 갈 수 있는 자신감이 있어요. 후회도 두려움도 없어요.
- 반가운 죽음: 제일 높은 수행자는 해탈할 것이라는 확신으로 죽음을 기쁘게 맞이합니다. 후회와 두려움은 당연히 없고 환희까지 일어납니다.

죽을 때 가져가는 유일한 것은 업이라고 합니다. 업은 마음의 습관이며 여기에 투자해야 합니다. 집착과 욕심과 원한과 부정과 산만하게 돌아가는 마음을 자비와 긍정과 지혜와 깨어있음으로 돌아가게 해야 합니다.

우리는 어떻게 살고 어떻게 죽을까요? 죽음을 미리 생각하지 않으면 이생을 허비하게 됩니다. 죽을 때가 되면 세속의 허망함을 알아요. 미리 알아 두면 좋지 않을까요?

잘 죽기 위해 사는 겁니다. 죽을 운명을 알아차리는 만큼 시간을 의미 있게 보내고, 죽음을 모르는 만큼 시간을 헛되게 보냅니다. 후회 없는 하루, 후회 없는 삶, 마음에 간직할 평생 화두입니다.

상처를 소화하기

가까운 사람이 우리의 마음을 아프게 합니다. 나빠서가 아니라 알아차림이 없어서 또한 본인의 업으로 우리에게 상처가 되는 말을 합니다. 우리가 할 일은 그의 행동을 바꾸는 것이 아니라 상처를 소화하는 겁니다. 우리의 마음은 모든 상처와 억울함을 충분히 받아들일 수 있는 힘이 있습니다. 우리의 업으로 상대방한테서 공격을 받는 것입니다. 자신의 업을 받아들이는 것이 업장 소멸입니다.

잘못을 지적하면 도로 상처를 주고 갈등을 키우게 되는 경우가 많아요. 상대방을 고치려고 하지 않고 자신의 마음을 내려놓으면 상대방도 미안해하며 스스로 반성할 수 있어요. 마음을 비울 수 있다면 상대방의 입장이 이해가 되고 잘못을 봐줄 수 있고 다시 사랑할 수 있어요. 사랑이 있으면 상대방도 나도 치유가 됩니다.

명상은 어려워요

명상은 어려워요. 명상하지 않으면서 깨어있는 명상 아닌 명상, 최고의 명상을 배우십시오. 티베트 요기수행자들의 수행 비결은 명상하지 않으면서 산란하지 않는 그저 깨어있는 것입니다. 현존 속에 쉬는 겁니다. 알아차림 자체를 알아보는, 명상하지 않는 명상입니다. 가장 쉽고 애씀 없는 마음을 쉬는 수행입니다.

왜 가장 쉬운 명상이 그렇게 어려울까요? 익숙하지 않아서 잘 못합니다. 알아차림 자체는 미세해서 잘 잡히지 않습니다. 너무 쉬워서 믿지 않습니다. 너무 가까워서 잘 보이지 않습니다. 너무 평범해서 의심합니다.

그런데 할 수 있어요! 어떻게 합니까? 알아차림이 없다가 다시 돌아오면 알아차림 속으로 쉬는 겁니다. 알아차림을 알아보는 겁니다. 또는 릴렉스 하는 순간 알아차림이 있어요. 릴렉스 속에 알아차림을 알아보는 겁니다.

알아차림은 현존감, 앎, sense of presence, knowingness. 이것을 알아보는 겁니다. 릴렉스+앎입니다. 이와 같이 명상하지 않으면서 깨어있을 수 있는 open awareness, 자유로운 알아차림이 명상의 꽃입니다. 더 쉽고 더 효율적인 방법을 찾지 마세요. 이 명상을 하다 보면 결국은 진면목, 참나를 알아보게 됩니다.

You are Buddha

허물이 많고 우울하세요? 괜찮아요. 스스로에게 친절하세요. 자신을 있는 그대로 받아들이고 사랑하세요. 자신에게는 자신의 사랑이 정말 필요합니다. 우리의 우울과 불안과 분노와 욕망에게 친절하세요. 업과 화목하게 지내는 것을 배우세요. 업이 올라올 때마다 친절하게 알아차릴 수 있다면 내일 아닌 오늘, 언제가 아닌 지금 행복할 수 있어요.

허물에 신경 쓰지 말고 깨어있음에 신경 쓰세요. 허물과 함께하지 말고 허물을 알아차리는 자각과 함께하세요. 점차 깨우칠 거예요. 나는 허물이 아니고 허물을 알 수 있는, 사랑으로 가득 찬 찬란한 순수자각이라는 것을 알게 될 거예요.

행복할 수 있어요. 자신에게 친절하세요.

Relax. You are Buddha.

수행은 겸손을 배우는 것

수행은 겸손을 배우는 것입니다. 아집과 고집을 버리고 있는 대로 받아들이는 겁니다. 현재 상황에 머리 숙이는 겁니다. 옳다 그르다 따지는 것이 아니라 지금 이 순간의 상황에서 겸손을 배우는 것입니다. 만족을 배우는 것입니다. 자비를 배우는 것입니다. 감사를 배우는 것입니다.

항상 원하는 대로 하게 되고 갖게 되면 에고가 까다로워지고 불만이 커져요. 원하는 것을 가지면 좋고 못 가져도 괜찮아 하는 것이 겸손입니다.

기대가 고통을 만듭니다. 따지는 것이 에고의 방식이며 받아들이는 것이 수행입니다. 에고가 큰 만큼 고통이 있고 에고가 없는 만큼 고통이 없어요. 에고는 다른 사람들의 입장을 전혀 생각하지 않고 자기 입장만 고집합니다. 아무것도 아닌 것을 큰일로 만들고 오만하고 이기적입니다. 모든 고통을 만드는 제일 원수인 에고를 똑똑히 알아보고 넘어가지 마십시오. 한순간만 에고를 내려놓을 수 있다면 하루 종일 호흡을 바라보는 명상보다 더 많은 마음의 변화가 있어요.

겸손이란 내려놓는 것을 의미합니다. 원치 않는 상황에서 자기 업장이 일어납니다. 업에 속지 않고 알아차릴 수 있다면, 아집을 잠시 내려놓을 수 있다면, 상황을 지혜롭게 볼 수 있어요. 물론 어떤 상황에서는 떠나는 것이 지혜입니다. 아집으로 떠나는 것이 아니라 자비와 지혜로 떠나야 할 때도 있어요.

과거와 현재의 성인들은 자신을 중요시 여기지 않고 자신이 벌레라고 하면서 항상 겸손한 자세를 가졌어요. 자신보다 다른 사람을 더 중요하게 생각하고 따지는 것이 없고 상황에 잘 맞춰 주고 에고가 세지 않았어요. 마음의 깊고 광대한 평화를 항상 누리고 다른 사람의 행복을 자신의 행복으로 삼고 다른 사람의 고통을 자신의 고통으로 받아들였어요. 정말 본받을 만한 분들이죠.

나는 행복을 주는 사람이고 싶습니다

나는 행복을 주는 사람이 되고 싶습니다. 언제나 어디서나 누구에게도 누가 되지 않고 도움이 되는 사람이 되고 싶습니다. 오늘 그리고 이생, 나하고 인연 닿는 모두에게 작은 빛, 작은 힘이 되고 싶습니다. 다른 사람의 마음을 보호하는 진정한 벗이 되고 싶습니다.

나는 바라는 것이 없는 사람이 되고 싶습니다. 자신에게도 남들에게도 인생에게도 바라는 것이 하나도 없으면 좋겠습니다. 바람으로 자신에게도 남에게도 부담을 주고 싶지 않습니다. 늘 만족하고 감사하고 겸손한, 바람이 없는 사람이 되고 싶습니다.

나는 걱정이 없는 사람이 되고 싶습니다. 걱정을 해서 좋은 일이 없습니다. '나'에 대한 걱정으로 작은 일을 큰일로 만들고 오지 않는 미래를 걱정하고 싶지 않습니다. '나'가 없는 실상을 모르고 '나와 내 것'에 집착해서 걱정이 산과 같습니다. 자신과 삶의 허깨비 같은 본질을 아는, 걱정이 하나도 없는 사람이 되고 싶습니다.

잘하고 있지는 않지만 이것이 나의 소원입니다.

피곤함과 잘 지내기

피곤한 것도 일시적이며 집착입니다. 피곤함과 함께 잘 사는 방법을 배워야 합니다. 피곤해도 최선을 다하고 피곤함에 매달리지 않는 겁니다. 피곤해도 괜찮고 피곤해도 할 일을 다 합니다.

피곤함에 개의치 않는 것이 피곤함을 받아들이는 겁니다. 피곤하다는 핑계로 대충 하는 것은 피곤함에 매달리는 겁니다. 피곤하다는 핑계로 아무것도 안 하는 것도 피곤함에 매달리는 겁니다. 많이 피곤하면 쉬고 적당히 피곤할 때는 피곤함과 사이좋게 지내보세요.

피곤함이 문제가 아니라 피곤함에 집착하는 것이 문제입니다. 피곤함을 너무 자주 집착하면 피곤함이 몸에 배서 무기력이 됩니다. 피곤함과 화목하게 지내면서 일하고 수행할 수 있다면 피곤함은 한때이며 집착할 것이 아니라는 사실을 알게 되고 훨씬 덜 피곤합니다. 무기력은 무기력을 낳고 근면은 근면을 낳습니다. 몸에도 신경을 쓰고 무엇보다도 피곤함의 습관을 잘 알아차려 보세요. 피곤함을 환영하세요. 피곤해도 괜찮아요.

지견, 명상, 행

수행과 삶을 분리하면 안 됩니다. 가족 관계와 직장 생활과 자원봉사 전부가 수행의 길입니다. 좌선과 기도, 그리고 집중명상을 하는 이유는 삶에 더 깨어있고 인간관계를 잘 다루기 위한 것입니다.

좌선할 때 호흡을 알아차리는 이유는 일상에서 일어나는 마음을 잘 알아차리기 위한 것입니다. 진정한 자비수행은 기도가 아니라 실천입니다. 수행은 이론으로만 남으면 안 되고 행동으로 옮겨야 합니다.

수행의 3가지 요소가 있습니다. 첫째는 이론입니다. 이것은 지견이라고 합니다. 둘째는 이론을 자기 것으로 만드는 겁니다. 이것은 명상이라고 합니다. 셋째는 삶에서 실천하는 겁니다. 이것은 행이라고 합니다. 지견, 명상, 행. 이 3가지가 같이 있어야 진정한 수행이 됩니다.

마음 정리법

방을 정리하는 것처럼 우리는 항상 마음을 정리하려고 합니다. 마음을 정리하는 가장 좋은 방법은 놓아 버리는 겁니다. 놓아 버리게 되면 정리할 것이 없다는 것을 알게 됩니다. 정리할 것 없이 하루하루 순간순간 깨어있으면서 사는 것이 지혜로 사는 법입니다. 모든 것이 저절로 정리가 되고 상황이 명확하게 보여서 지혜롭게 말과 행동을 하게 됩니다.

해답을 따로 찾을 필요 없이 저절로 나타납니다. 수행은 해답을 찾는 것이 아니라 질문을 버리는 겁니다. 문問을 버리면 저절로 답答이 된다고 합니다. 이것이 지혜바라밀입니다.

보살들은 반야바라밀로 존재한다고 합니다. 공성으로 존재한다는 거죠. 공성이란 나타나지만 실체가 없다는 겁니다. 과거에도 지금도 앞으로도 아무 일이 없다는 거예요. 일로 만들면 일이 되고 부담이 되고 고통이 된다는 거예요. 일체 (생각으로) 무엇을 안 만드는 것이 공성의 지혜입니다.

반야바라밀로 존재한다는 것은 정리할 것 없이, 해결할 것 없이, 개념 지을 것 없이, 구체화할 것 없이, 내려놓음으로, 깨어있음으로, 몰라도 되는 마음으로 존재한다는 겁니다. 생각을 굴리면 잘 모르고 잘 보이지 않고 생각을 내려놓으면 알고 잘 보인다는 거예요.

찰나 찰나 내려놓고 깨어있고 몰라도 되면 아무 일이 없고 앞으로도 아무 일이 없을 거예요. 마음은 비어 있고 평화롭고 말과 행동은 친절하고 자비롭습니다.

몸이 안 좋을 때 알아차릴 수 있는 것들

- **힘이 없을 때**: 힘이 없는 상태를 잘 알아차리는 연습을 하면 기운이 없을 때가 다시 오면 더 잘 감당할 수 있어요. 힘이 없는 것을 연습(수행)으로 삼아 보세요.
- **짜증과 부정적인 마음**: 몸이 약하면 마음도 따라서 약합니다. 인내심이 없고 짜증이 자주 쉽게 납니다. 몸과 마음의 현상에 개의치 않고 그래도 친절하고 따뜻하고 배려의 마음을 내어 보세요. 짜증이 나는데도 다른 사람에게 친절한 연습을 하면 우리 수행에 큰 도움이 됩니다. 수행은 현상에 개의치 않고 바른 말과 생각과 행동을 하는 겁니다.
- **통증과 몸의 불쾌함**: 담담하게 허용할 수 있다면 일시적이라는 것을 알게 되고 집착 없이 잘 통과시킬 수 있어요. 불쾌함을 생생하게 느끼고 허용하세요. 경험은 좋지 않더라도 혜택은 많아요(압도적인 통증은 이렇게 하기 어렵지만).
- **업**: 몸이 안 좋을 때 자신의 업이 집중적으로 일어납니다. 분노, 미움, 불안, 낙담, 우울 같은 감정들이 평소보다 더 많이 더 자주 일어날 수 있어요. 몸과 마음의 관계가 밀접해서 제정신이 아니고 다른 사람 같아요. 자신이 아니고

일시적인 현상으로 보고 업을 받아들이는 연습을 하면 큰 업장을 소멸할 수 있습니다.

- **자비심**: 우리의 고통으로 다른 사람의 고통을 알 수 있어요.

알아차린다는 것은 받아들인다는 것입니다. 좌절하지도 않고 없애려고 하지 않고 저항 없이 인정하는 것입니다. 몸이 안 좋을 때 배울 것이 너무 많아요. 집착하지 않고 마음을 열 수 있다면 마음의 힘을 키울 수 있어요. 좋은 연습, 좋은 기회로 보면 감당하는 게 덜 어렵고 정말 좋은 기회, 좋은 연습이 됩니다. 겸손과 감사와 자비심을 배울 수 있어요.

몸이 안 좋을 때는 업장 소멸입니다. 정화 과정이라고 볼 수 있어요. 성찰과 참회의 기회로 삼고 상황을 좋게 보도록 하세요.

'계속 몸이 안 좋아도 나는 최선을 다해서 살겠다! 이 병으로 마음의 힘을 키우고 더 자비로운 인간다운 사람이 되겠다! 힘들어도 감사하고 다른 사람을 생각하고 도움이 되는 하루를 살겠다.'

대화는 중요한 수행입니다

지인들을 만나면 남 얘기하기 바쁩니다. 구업을 안 짓기 어려워요. 분별심으로 이 사람은 좋고 저 사람은 나쁘다고 합니다. 항상 알아차림이 약하고 이야기가 끝나면 찜찜합니다. 대화할 때 잘 안 맞으면 상대방한테도 안 좋은 마음이 올라오고 결국 좋은 일이 없어요.

궁금증 때문에 구업을 짓게 됩니다. 누가 뭘 하고 있고, 누구를 만나고 있고, 누가 어디서 무엇을 어떻게 하고 있는지 생각 없이 알아냅니다. 소문이 선정적일수록 더 좋고 놀라면서 자기 의견을 표현합니다. 몰라도 되는 것을 알게 되어서 열받고 마음이 복잡해집니다.

남의 일은 우리 일이 아닙니다. 끼어들어서 불필요한 고통만 만듭니다. 자기 일만 잘하고 다른 사람 일에 개의치 않으면 아무 일이 없고 아무 문제도 없어요.

남 얘기 꼭 해야 된다면 공평하게 친절하게 하세요. 힘과 도움이 되는 말을 하세요. 좋다 나쁘다 하는 것은 사실이 아니고 의견일 뿐입니다. 자기의 좁은 의견을 넘어서 누구든 아끼고 도움이 되게 관대한 대화법을 연습하고 습관으로 만들어 보세요. 대화할 때 겸손하고 자비로운 자세를 놓치지 마세요. 대화가 중요한 수행입니다. 소문을 만들려면 좋은 소문을 만드세요.

참 안타까운 16가지

- 작은 다툼으로 소중한 인연을 버리는 것
- 작은 일을 큰일로 만들어서 오랫동안 고통받는 것
- 백만 원을 아끼기 위해서 천만 원을 쓰는 것
- 단기적인 작은 행복을 위해 장기적인 큰 행복을 포기하는 것
- 부질없는 명예와 돈을 위해서 삶을 버리는 것
- 조용히 있지 못해서, 가만히 있지 못해서 아무것도 아닌 일을 큰일로 만드는 것
- 지극히 싫은 상황에서 계속 남아 있는 것
- 누구의 노예처럼 사는 것
- 남의 일에 괜히 끼어들어서 불필요한 문제를 만드는 것
- 감각적인 즐거움의 노예로 사는 것
- 한순간의 유혹을 넘기지 못해서 오래 고통받는 것
- 한순간을 자제하지 못해서 후회할 말과 행동을 하는 것
- 질투와 자존심 같은 작은 마음으로 훌륭한 기회를 놓치는 것
- 똑같은 실수를 계속하는 것
- 황금 같은 시간을 죽이는 것
- 수행을 계속 미루는 것

생활 지혜 9가지

- 잠에서 깨면 바로 일어나라. 잠이 깼는데도 침대에 남아 있으면 망상만 키우고 더 피곤하게 할 뿐이다. '잠의 망상은 이제 그만!' 하고 몸부터 움직여라.
- 프라이팬은 뜨거울 때 닦아라. 집안일은 그때그때 생각이 날 때 바로 하라. 집안일을 계속 미루고 산처럼 쌓일 때까지 기다리면 하기도 어렵고 할 때까지 정신적인 부담이 된다.
- 우선순위를 지켜라. 중요한 일을 먼저 하고 재미있는 일은 그 뒤에 하라. 재미있는 일을 먼저 하면 재미도 떨어지고 내내 정신적인 부담이 있다.
- 졸리기 전에 침대에 눕지 말라. 졸리면 간단한 명상, 요가, 호흡 수련을 하여 잠을 준비하라. 어떤 몸과 마음의 상태로 잠드는지에 따라서 잠의 질을 결정한다.
- 인사를 잘하라. 조금 더 친절하게 따뜻하게 인사를 하면 자신과 다른 사람의 삶을 더 밝게 한다.
- 일어나자마자 따뜻한 물을 마셔라. 따뜻한 물은 약이며 대사 작용을 활성화시킨다. 레몬이나 라임을 짜서 마시면 더욱 이롭다.

- 안 먹고 싶을 때 먹지 마라. 몸이 안 좋을 때 한 끼 내지 두 끼 또는 하루 정도 단식하면 몸이 회복되고 균형이 잡힌다. 아침만 안 먹어도 간헐적 단식이 되고 건강이 아주 좋아진다.
- 아침 빈속에 운동하라. 아침부터 대사 작용을 활성화시켜서 하루 종일 에너지가 있다.
- 화가 날 때 행하지 말고 기분 좋을 때 약속하지 마라.

생활 지혜는 모든 사람에게 해당되는 것은 아닙니다. 일반적인 것이며 사람마다 다릅니다. 무엇보다도 이 순간의 살아 있는 지혜로 생활하는 것이 제일 중요합니다.

잠을 준비하는 3단계

하루를 잘 마무리하는 것이 너무 중요합니다. 잠을 준비하는 것은 죽음을 준비하는 것과 비슷합니다. 어떻게 잠드는지에 따라서 잠과 꿈의 질을 결정하기 때문입니다. TV를 보다가 잠들면 TV 내용이 꿈에 나타납니다. 공포 영화를 보다가 잠들면 무서운 꿈을 꾸게 됩니다. 일어나면 개운하지 않아요.

잠드는 과정이 죽는 과정과 비슷합니다. 지수화풍 요소들이 하나씩 가라앉으면서 잠이 듭니다. 잠도 죽음도 평화롭고 선한 마음의 상태에서 드는 것이 중요합니다.

1. 하루를 살펴본다. 하루의 잘못은 참회하고 하루의 선행은 스스로 기뻐하고 모든 중생의 궁극적인 행복에 회향한다. 하루하루를 살펴보는 것이 심리학이며 삶을 변하게 한다.
2. 몸과 마음을 준비한다. 요가나 호흡으로 몸의 긴장을 풀어주고 짧은 명상으로 마음을 고요히 한다.
3. 사무량심 기도로 선한 마음을 일으키고 다음 날 아침, 잠에서 깨면 바로 일어나겠다는 결심으로 잠에 든다.

사무량심 기도

모든 중생 행복과 행복의 원인 갖게 하소서.

모든 중생 고통과 고통의 원인에서 벗어나게 하소서.

모든 중생 고통 없는 기쁨과 떨어지지 않게 하소서.

모든 중생 애증 없는 평정심의 평화 알게 하소서.

내맡김의 길

노력의 길이 있고

내맡김의 길이 있어요.

노력의 길은 힘들고 괴로움이 많아요.

내맡김의 길은 느긋하고 용이합니다.

노력의 길은 가는 길이 멀어요.

내맡김의 길은 가는 자체가 목적이에요.

노력의 길은 고칠 게 많아요.

내맡김의 길은 고칠 게 없다는 관점과 익숙해지는 거예요.

노력의 길에서는 계율을 엄격하게 지키고 습관을 자제하고

열심히 수행합니다.

내맡김의 길에서는 지침은 있더라도 어떤 것도 집착하지 않아요. 매 순간 열린 마음으로 억제와 강제가 없어요. 흐름 따라 인연 따라 순리대로 자연스러운 마음의 상태를 유지합니다. 받아들임의 길, 놓아 버림의 길, 열림의 길입니다. 'No problem'의 길, '괜찮아'의 길, '있는 그대로'의 길입니다. 저항이 없어요. 개념이 없어요. 형태가 없어요. 다 괜찮아요.

진정한 인간이 되어라

자신의 허물은 밝혀라.

남의 허물은 덮어라.

미안하면 사과하라.

억울함은 내려놓아라.

베푼 은혜는 잊어라.

받은 은혜는 절대 잊지 마라.

고통은 감사하라.

행복은 주의하라.

자신이 잘한 것은 인정받으려고 하지 말고 잘한 것 자체를 기뻐하라.

남이 잘한 것은 기뻐하고 널리 알려라.

다른 사람이 뭐 하고 있는지, 무슨 말 하고 있는지, 무슨 생각하고 있는지 신경 꺼라.

자신이 뭐 하고 있는지, 무슨 말 하고 있는지, 무슨 생각하고 있는지 신경 써라.

긍정적이고 신중하고 심플하고 겸손하고 친절하라.

이와 같이 진정한 인간이 되어라.

육바라밀

보시는 놓아 버림입니다.

지계는 상냥함입니다.

인욕은 겸손함입니다.

정진은 의미 있는 시간입니다.

선정은 무위입니다.

지혜는 Just do it입니다.

비켜 주세요

비켜 주세요.

삶이 스스로 진행되게

비켜 주세요.

축복이 흘러나오게

비켜 주세요.

평화가 저절로 일어나게

비켜 주세요.

우리가 해야 할 전부는 비켜 주는 겁니다. 아집이 모든 것을 망쳐요. 잘못하면 삶까지 망쳐요. 아집을 비켜 가면 다 괜찮아요. 비켜 주면 저절로 하고 애씀 없이 살고 자연스럽게 치유가 되고 성장합니다.

그리고 제가 운전할 때

비켜 주세요.

난폭 운전이 심하거든요.

업을 해결하는 법

수행은 업을 해결하는 것입니다. 업이란 과거의 아픔, 미래에 대한 불안, 자신에 대한 자책, 남에 대한 원한을 집착하는 마음의 습관입니다.

하루 만에 해결할 수 없고 해결하는 과정이 훌륭한 것입니다. 업을 어떻게 대하느냐가 결정적입니다. 열린 마음으로 친절하게 알아차리면 업장 소멸이 됩니다. 관대하게 너그럽게 허용하며 담담하게 바라봅니다.

이렇게 못 하는 이유는 알아차림의 힘이 약하기 때문입니다. 근본적으로 모든 고통은 알아차림의 힘이 (삼매의 힘) 약해서 생기는 것입니다. 여기 이 순간에 충실하고 깨어있으면 과거도 미래도 자신도 남들도 다 해결이 됩니다. 업장 소멸이란 알아차림 속으로 생각을 놓는 겁니다. 업은 생각으로 만들어지고 생각으로 나타납니다. 알아차림은 불처럼 업장을 태워 버립니다. 현상 소멸이 깨달음입니다.

여기 이 순간에 현존하는 알아차림의 힘을 키우십시오. 절실히 필요한 본성의 조건 없는 평화와 무한한 자유의 관문입니다.

지는 법

지는 법을 배우면 마음이 변하고 인간관계가 좋아집니다. 진다는 것이 내가 틀렸고 상대방이 옳다는 것이 아닙니다. 다른 사람과 갈등이 있을 때 올라오는 마음을 내려놓는 것이 지는 것입니다. 외면하거나 참는 것이 아니라 알아차리는 것입니다. 자기 입장만 생각하는 습관적인 마음을 바라봅니다. 무엇보다 힘들고 아프지만 할 수 있으면 모든 고통의 원인인 자기만 생각하는 마음이 닦아집니다.

야단맞을 때, 허물을 지적받을 때, 욕을 먹을 때, 무시를 당할 때, 비판을 받을 때 지는 법을 연습할 수 있는 훌륭한 기회입니다. 조용히 겸손하게 아픔을 소화할 수 있다면 상황이 명확하게 보이고 상대방의 입장까지 이해할 수 있어요. 지나치게 예민하고 방어적인 에고를 직면해서 받아들이면 매우 이롭습니다. 너그럽고 부드럽고 겸손한, 참다운 인간이 될 수 있어요.

되받아서 비판하고 욕하는 것은 아이들의 어리석은 싸움이에요. 다른 사람의 비판을 소화하고 객관적으로 바라볼 수 있어야 어른이 됩니다. 마음이 올라올 무렵에 정신을 차려서 지는 법을 연습하면 사람이 될 수 있어요! 어른이 될 수 있어요.

인간관계의 핵심은 봐주는 겁니다

인간관계의 핵심은 봐주는 겁니다. 왜 봐줘야 합니까? 스스로 뭘 하는지 모르기 때문입니다. 사람들은 무지와 습관에 사로잡혀 있어요. 안다고 하지만 자신과 남들에게 얼마나 해가 되는지 모릅니다. 정말 알면 하지 않아요.

나쁜 사람은 없어요. 아픈 사람은 많아요. 아집의 병으로 행복을 원하지만 고통의 원인을 만들어요. 너무 안됐어요! 귀신에 씐 사람처럼 자기도 모르게 말과 행동을 해요. 경멸하지 않고 에고의 귀신으로부터 벗어나게 도와주세요.

누가 우리를 막대기로 때리면 막대기를 탓하지 않고 막대기를 잡고 있는 사람을 탓하잖아요. 마찬가지로 사람을 잡고 있는 아집과 습관을 탓해야 합니다. 죄는 싫지만 죄인은 아껴야 해요. 이것이 바른 견해이며 이렇게 따져야지 남을 봐줄 수 있어요. 정말 나쁜 놈 있잖아요. 그 사람은 정말 아픈 사람이에요. 사랑이 가장 필요한 사람이에요. 오직 이해와 사랑이 얼어붙은 그의 마음을 녹이고 치유할 수 있어요.

장발장은 자신에게 은혜를 베푼 신부의 은식기를 훔쳐 갔어요. 경찰에 잡혀 돌아왔을 때 신부가 훔쳐 간 것이 아니라 준

거라고, 오히려 너무 서둘러 가서 은촛대를 잊고 갔다고 했어요. 신부의 용서와 사랑으로 장발장은 선한 본성을 되찾고 선한 길을 가게 되었어요. 우리 주변에 장발장이 있다면 자신의 본성을 되찾게 힘이 되어 주세요.

나쁜 사람은 없어요. 다 아파요. 자신도, 남들도 봐줘야죠.

괜찮아

제가 꼭 하고 싶은 말이 있어요. 모든 게 괜찮다고요. '괜찮아.' 너무 아름다운 말인 것 같아요. 여러분께, 제 자신에게 말하고 싶어요. '괜찮아. 괜찮아' 이것을 알면 다 되었어요. 이것을 알기 위해 평생 사는 거예요.

언젠간 알게 될 거예요. 미리 알려 드려요. 괜찮다고요. 마음 깊이 들어오게 스스로에게 알려 주세요. 괜찮아. 괜찮아. 정말, 정말 괜찮거든요. 꼭 말하고 싶었어요.

사는 비결

최근에 사는 비결을 깨우친 것 같아요. 알려 드릴까요? 어떻게 사는지 알게 되면 인생이 경이롭고 복이 넘쳐요.

사는 비결은 '몰라도 되는 마음 Don't Know Mind'이라고 합니다. 생각으로 구체화하지 않는 마음입니다. 자신과 남들과 상황에 대해 개념을 만들지 않는 겁니다. 물론 개념과 생각 없이 살 수 없어요. 하지만 생각이 저절로 이어지는 것을 멈춰야 해요. 이것은 망상의 사슬이며 최소한 짧게 하는 것이 좋아요.

간단하게 말하자면 좋고 나쁘다는 분별없이 모든 생각을 버리는 것입니다. 생각이 놓아졌고 다음 생각이 일어나지 않은 자리에 공백이 있어요. 이것이 '몰라도 되는 마음,' 즉 '생각 없는 깨어있음'입니다. 생각보다 깨어있음을 선호해야 합니다.

생각 없는 깨어있음, 몰라도 되는 마음을 유지하는 것이 사는 비결입니다. 이것만 고집하십시오. 아무것도 해결하지 않으면서 모든 것이 해결됩니다. 아무것도 안 하면서 다 이루게 됩니다. 애씀 없이 태평하게 삶의 자연스러운 흐름 속에 사는 것이 비결입니다

좌선과 일상생활의 알아차림

알아차림이 불교의 핵심이며 수행의 본체입니다. 알아차림이 내면의 무한한 지혜, 자비, 힘의 관문입니다. 알아차림이 업장 소멸과 공덕자량입니다. 매일 좌선과 일상생활에서 알아차림을 길러야 합니다.

좌선의 4가지 규칙

1. Stillness : 몸이 가만히 있어야 합니다. 몸이 가만히 있으면 마음은 저절로 고요해진다고 합니다. 몸의 고요함을 기반으로 해서 명상합니다. 태산처럼 움직임이 없어야 합니다.
2. Let go : 기대가 명상의 대표적인 장애입니다. 평화와 고요함, 알아차림의 유지 같은 모든 바람을 버려야 합니다. 일체 바람과 기대 없이 그냥 앉기 위해서 앉아요.
3. Kindness : 아무리 산란해도 알아차림이 돌아올 때 자책이나 좌절하지 않고 무조건 자신에게 친절하라는 거예요. 자꾸 실망하고 자책하면 알아차림이 도망가요. 어쨌든 알아차림이 돌아왔잖아요. 여기에 만족하고 스스로에게 친절하세요.
4. Try : 포기하지 말아요. 알아차림이 잘 안 돼도 기운이 무겁

고 피곤해도 끝까지 알아차려 보세요. 체험은 좋지 않지만 아주 유익한 시간이 되어요. 알아차림을 시도하려는 마음은 한순간도 버리지 마세요.

일상생활 알아차림의 3가지 규칙

1. Intention : 일상생활에서 알아차리려고 하는 의도 없이는 알아차림을 경험하지 못해요. 의도를 갖는 것은 결정적이며 불을 켜는 것과 비슷해요. 명상을 배워도 의도를 가지지 않으면 습관적으로 머리를 굴리고 알아차림이 없어요. 의도를 되새기고 상기시켜 줘야 합니다.
2. Kindness : 아무리 알아차림이 없어도 알아차림이 돌아올 때 만족하고 스스로에게 친절하면 오히려 알아차림을 더 많이 경험할 수 있어요. 자책 no 만족 yes!
3. Try : 알아차림은 언제나 어디서나 연습할 수 있으니 한순간도 포기하지 않는 마음으로 Try 하세요. 멍 때리기 no! 알아차림을 기르기 위해 모든 기회를 잘 활용하세요.

인간관계의 고통스러운 집착의 3단계

1. 처음에는 집착을 키우는 고통이에요. 애교를 부리고 그렇게 좋을 수 없어요. 세속인은 첫 번째 단계를 행복이라고 하지만 집착을 만드는 과정이라서 이 단계도 고통이라고 부처님께서 말씀하셨어요. 좋게만 보이고 허물도 봐줄 수 있고 끈적끈적한 집착이 만들어져요. 세속 사람들은 정이라고 하죠. 배우자도 자식도 친구도 그렇게 좋을 수 없어요.
2. 중간에는 갈등이 생기는 고통이에요. 그렇게 좋을 수 없는 사람이 그렇게 싫을 수 없는 사람이 되어요. 밀접한 관계를 유지하다 보면 틀림없이 갈등이 생기고 서로 허물이 보이고 관계가 틀어질 수밖에 없어요. 자기 업이 상대방에게 투사가 되어서 허물이 보이고 따지게 돼요. 열정은 식고 실망과 배신감이 남아요. 서로 상처가 많고 같이 있는 것도 떠나는 것도 어려워요.
3. 마지막으로 헤어지는 고통이에요. 집착 때문에 헤어지는 것이 고통스러워요. 이생의 인연은 잠깐이며 언젠가는 영원히 헤어져요. 무상을 감지 못해서 상실감이 크고 마음이 아파요.

친척과 친구, 연인, 그리고 도반을 사귀는 것은 엄청 복잡하고 고통이 많아요. 행복한 젊은 부부를 보거나 자식 사진을 자주 올리는 부모를 보면, 마음속으로 '행복하세요' 하지만, 앞으로 닥칠 산 같은 고통이 보여서 연민이 일어나요.

수행자는 처음에는 집착을 키우지 않고 거리와 존중을 유지합니다. 중간에는 내려놓음과 자비심을 연습해서 갈등을 키우지 않아요. 끝으로는 헤어질 때, 마음은 슬프지만 집착이 없어서 잘 보낼 수 있어요.

아니면 처음부터 너무 가까운 인연을 만들지 않는 것도 좋아요. 인간관계는 수행의 힘이 있어야지 감당할 수 있어요. 고행 중에 고행이며 보통 수행이 아닙니다.

가까운 사람과 미운 사람과 모르는 사람을 가리는 것이 고통입니다. 모든 중생과 똑같은 우애와 사랑과 애정을 나누세요. 이것이 보살의 길입니다.

나는 내 자신과 친구가 되었다

나는 내 자신과 친구가 되었다. 어떤 복으로 이런 우애가 생겼는지 놀랍고 감사하다. 내 자신과 화목하게, 이 몸과 조화롭게 잘 지내고 있다. 내 자신도, 내 몸도 있는 그대로 받아들인다. 잘난 것도 못난 것도 다 괜찮다. 어떤 복으로 이렇게 됐는지 놀랍기도 감사하기도 하다.

허물은 크지만 허물에 대한 불만은 없다. 허물을 버리고 싶은 마음은 있지만 숨기고 싶은 마음은 없다. 완벽하지 않은 자신이 완벽하다. 어떤 복으로 이렇게 되었는지 놀랍고 감사하다.

소울메이트를 찾았으니 더 이상 밖에서 찾지 않는다. 베프가 있으니 어디 가서도 좋은 벗과 함께한다. 모든 것을 이해하고 받아 주는 자신에게 친절하고 선한 벗이 되었다. 어떤 복으로 이렇게 되었는지 놀랍고 감사하다.

조건 없는 사랑으로 큰 만족을 누린다. 모든 중생을 가슴에 품는 보리심의 원으로 결코 혼자 아닌 혼자서 달콤한 외로움, 한적한 내 마음, 나는 나의 좋은 친구가 되었다.

평생 수행하는 법(로종 가르침)

5가지 힘을 지속적으로 키워서 일상을 도(道)로 삼는 법

1. **발원의 힘**: 이생을 향한 욕망은 욕심이라고 하고 해탈로 향한 욕망은 발원이라고 합니다. 욕심은 저절로 나지만 발원은 마음을 내서 해야 합니다. '나와 인연이 있는 모든 분들과 모든 중생의 행복과 해탈을 지원하기 위해 알아차림과 자비심을 기르겠다.'
2. **결심의 힘**: 하루를 마음먹고 사는 것이 100년 동안 대충 사는 것보다 낫다고 합니다. 대충 사는 것, 겨우 사는 것은 죽은 것과 같아요. 수행하는 삶, 이타적인 삶에 대한 결심의 힘을 계속 키워야 합니다. 한 시간이라도 마음먹고 수행하는 결심의 힘을 키워 보세요.
3. **거부의 힘**: 아집을 거부하는 마음을 키워야 합니다. 자신과 남에게 해가 되는 줄 모르고 아집을 봐주고 너무 잘해 줍니다. 유일한 원수인 아집을 똑바로 알아보고 주의하고 거부의 힘을 키워야 합니다.
4. **선근의 힘**: 작은 보시나 따뜻한 말 한마디 같은 작은 공덕도 게을리하면 안 됩니다. 큰 항아리도 한 방울로 채워지듯이

하루하루 공덕 쌓는 일을 놓치지 마세요.

5. **익숙함의 힘** : 어떤 것도 익숙해져서 쉬워지지 않는 것이 없어요. 익숙함의 힘을 과소평가하면 안 됩니다. 자비심과 깨어있는 마음에 익숙해질수록 더 쉽게, 자연스럽게 수행하게 됩니다. 조금씩 익숙해지면 알게 모르게 마음이 평화롭고 자유로워집니다.

문사수 聞思修

문聞

우리는 자꾸 법문을 듣고 자꾸 공부를 해야 합니다. 부처님의 가르침을 자꾸 들으면 이해가 깊어지고 이해가 깊어지면 무지가 줄어듭니다. 문聞의 핵심은 사思입니다.

사思

배운 가르침을 머리로만 이해하는 것이 아니라 가슴으로, 자기 경험으로 이해합니다. 문聞이 사思가 되면 쉽게 흔들리지 않고 평생 지침이 될 수 있어요. 사思의 핵심은 수修입니다.

수修

명상의 힘으로 부처님의 가르침이 자기 것이 되는 것입니다. 집착이 놓아지고 통찰이 일어납니다. 고, 무상, 무아, 공성, 불성이 보이기 시작합니다. 수修는 이론을 넘어서, 생각을 넘어서, 내재의 지혜로 실상을 터득하는 것입니다. 이생만 아니라 미래 생까지 가져갈 수 있는 것이 수修입니다.

전과 지금

전에는 자신을 바꾸려고 했어요.

지금은 자신을 받아들이려고 해요.

전에는 다른 사람을 바꾸려고 했어요.

지금은 다른 사람을 이해하려고 해요.

전에는 다른 사람을 무시했어요.

지금은 제 에고를 무시하려고 해요.

전에는 행복을 찾아 헤맸어요.

지금은 이미 있는 행복을 느껴요.

전에는 돈과 재산을 키우려고 했어요.

지금은 만족과 감사를 키우려고 해요.

전에는 다른 사람들로부터 존경과 사랑을 받고 싶었어요.

지금은 다른 사람에게 존경과 사랑을 주려고 해요.

전에는 알아내려고 했어요.

지금은 내려놓으려고 해요.

전에는 밖을 향해서 욕망을 좇고 있었어요.

지금은 안을 향해서 마음공부를 추구하고 있어요.

전에는 알아야 했고 지금은 몰라도 돼요.

전에는 의문이 많았는데 지금은 의문이 없어요.

전에는 뭐가 있어도 부족했는데 지금은 아무것도 없어도 충만합니다.

이것만 약속해요

너무 욕심내지 말아요.
할 수 있는 만큼 해요.
너무 후회하지 말아요.
앞으로 나가요.
너무 걱정하지 말아요.
크게 보면 별일이 아니에요.
너무 무리하지 말아요.
쉬어 가요.
너무 오래 생각하지 말아요.
그냥 해요.
너무 욕망 부리지 말아요.
어차피 거의 이루지 못해요.
너무 우유부단하지 말아요.
결정하고 밀고 나가요.
너무 게으르지 말아요.
재미없잖아요.
너무 미치지 말아요.

제정신으로 살아요.

이것만 약속해요.

고요한 물이 깊어요

말을 많이 하면 생각이 많아져요. 생각이 많아지면 힘이 빠져요. 말을 많이 하면 말실수를 많이 해요. 말실수를 많이 하면 스스로 구속받고 장애가 많아져요. 말을 많이 하면 말의 가치가 떨어져요. 사람들 앞에서 말할 때 자신감도 없어지고 다른 사람이 우리 말을 진지하게 듣지 않아요. 말을 많이 하는 대신에 기도와 만트라를 많이 하세요.

우리는 자신도 모르게 거짓말로 남을 속이는 습관이 있어요. 좋게 보이기 위해 사실을 조금 바꾸는데, 이것은 솔직하지 못한 거예요. 약간의 거짓말은 100% 거짓말이에요. 자신도 남들도 속이는 거예요. 거짓말을 자꾸 하면 친구도 없어져요. 습관이 되면 자꾸 해야 하고 거짓말 하나 때문에 거짓말을 100개 해야 해요. 좋게 보이기 위해 허풍 치는데 결국 결과는 원하는 것과 반대로 되어요. 솔직하고 투명하면 사람들이 우리를 믿고 좋아해요. 잊지 마세요, 고요한 물은 깊어요.

이렇게 살고 싶어요

제정신으로 살고 싶어요.

양식 있고 착하고

위대한 사람이 아니라 괜찮은 사람

이루는 삶이 아니라 받아들이는 삶

웅장함이 아니라 단순함

두드러지는 것이 아니라 잘 어울리는 것

'더'가 아니라 '덜'

갖는 게 아니라 버리는 것

받는 게 아니라 베푸는 것

자신만 생각하는 게 아니라 남들도 생각하는 것

이것이 제가 생각하는 제정신입니다.

이렇게 살고 싶어요.

공간과 시간

공간과 시간을 주세요. 생각과 감정이 있는 그대로 머물 수 있게 공간과 시간을 주세요. 마음이 저절로 고요하고 평화로워집니다. 다른 사람이 있는 그대로 존재할 수 있게, 자유롭게 말하고 행동할 수 있게 공간과 시간을 주세요. 서로 이해하고 소통이 저절로 됩니다.

판단 없이 기대 없이 자신도 남들도 세상도 있는 그대로 존재하게 공간과 시간을 주세요. 공간과 시간을 주는 것이 명상의 진수이며 의미입니다. 공간과 시간을 준다는 것은 아무것도 안 하는 것이 아닙니다. 애씀 없이 자연스럽게 직관적으로 자비롭게 사는 것입니다.

마음을 편안하게 가지세요. 그저 존재하고 그저 존재하게 두세요.

수행은 '공'놀이예요

마음을 보호하는 가장 훌륭한 방편은 공성空性이라고 합니다. 공은 비어 있다는 것입니다. 비어 있는 것은 실체가 없는 겁니다. 모든 것이 마음이며 마음은 공, 실체가 없어요. 행복할 때 마음에서 행복하고 고통스러울 때 마음에서 고통스러워요. 행복도 고통도 마음이며 실체가 없어요. 행복의 본질은 고통의 본질과 같아요. 둘 다 마음뿐이고 마음은 공합니다. 마음이 공하기 때문에 고칠 필요가 없어요. 공한 본질을 알아봐야죠. 공하다는 것을 알면서 하는 거 없이 쉬면 돼요.

그냥 있는 그대로 두면 마음이 스스로 해결이 되어요. 사실 해결할 게 없어요. 이것을 알아야 해요. 찾을 것도 이룰 것도 깨우칠 것도 없으니 수행자는 공으로 존재해요. 마음은 비춰주면서 공합니다. 보이면서 공하고 들리면서 공하고 생각이 일어나지만 공합니다. 생각에 넘어가지 말고 생각의 공한 본질에 쉬세요.

명상은 안식眼識 속에 릴렉스, 이식耳識 속에 릴렉스, 비식鼻識 속에 릴렉스, 설식舌識 속에 릴렉스, 신식身識 안에 릴렉스, 의식意識 안에 릴렉스 하는 것입니다. 바꾸려고 하지 않고 일어나는 현상에 그저 쉬세요. 그러면 공성의 맛을 보기 시작합니다. 마음을 보호하는 최고의 방편입니다.

수행은 공놀이예요. 아이들도 수행자도 공으로 놀아요.

소리에 놀라지 않는 사자처럼

소리에 놀라지 않는 사자처럼,
그물에 걸리지 않는 바람처럼,
진흙에 더럽히지 않는 연꽃처럼,
무소의 뿔처럼 혼자서 가라.
- 숫타니파타

소리에 놀라지 않는 사자처럼

누가 나를 욕하거나 비판하거나 야단을 치면 습관적으로 반응하는 마음이 올라옵니다. 올라오는 마음을 집착하면 온갖 갈등과 고통을 만듭니다. 올라오는 마음을 알아차리는 것이 수행입니다. 반응하는 마음을 내려놓는 연습을 할수록 반응하는 마음의 습관이 줄어들어요. 마음이 열리고 너그러워집니다. 소리에 놀라지 않는 사자처럼 누가 뭐라고 해도 별로 개의치 않게 돼요.

그물에 걸리지 않는 바람처럼

마음의 힘은 생각에 얼마나 걸리는지에 따라서 알 수 있어요.

생각에 걸릴수록 마음이 약한 것이고 생각에 걸리지 않을수록 마음의 힘이 있는 거예요. 명상의 힘을 키울수록 생각의 공한 본질을 알게 되어서 생각하는 힘이 약해져요. 생각으로부터 자유로워지는 것이 진정한 자유입니다. 그물에 걸리지 않는 바람처럼 일체 생각에 걸리지 않아요.

진흙에 더럽히지 않는 연꽃처럼

세속에서 살지만 세속에 끌려서 살지 않아요. 서로 미워하는 사람들 속에 있지만 미워하지 않아요. 욕심부리는 사람들 가운데 있지만 욕심부리지 않아요. 경쟁하는 사람들 속에 있지만 경쟁하지 않아요. 세속을 떠나는 게 아니라 세속에서 사랑과 겸손과 내려놓음을 배우는 거예요. 연꽃이 진흙이 필요한 것처럼 자비와 지혜를 배우기 위해 고통과 번뇌가 필요한 거예요. 진흙 속에 피는 연꽃처럼 번뇌 속에서 지혜가 꽃펴요.

무소의 뿔처럼 혼자서 가라

수행은 지극히 개인적인 거예요. 홀로 가라는 것은 세상을 떠나라는 것보다 본성을 따르라는 거예요. 밖을 보지 않고 남을 보지 않고 자신을 보는 거예요. 수행은 고독의 길입니다. 혼자 있어서가 아니라 홀로 가야 하기 때문입니다. 무소의 뿔처럼 자기의 길을 가세요.

용수 스님의 사자

초판 1쇄 발행 | 2021년 3월 2일
초판 3쇄 발행 | 2022년 6월 28일

지은이 용수
펴낸이 이정하
자료정리 김영훈
교정교열 이혜숙
디자인 정제소

펴낸곳 스토리닷
주소 서울시 서초구 방배동 934-3 203호
전화 010-8936-6618
팩스 0505-116-6618
ISBN 979-11-88613-19-9 (03810)

홈페이지 http://blog.naver.com/storydot
SNS www.facebook.com/storydot12
전자우편 storydot@naver.com
출판등록 2013. 09. 12 제2013-000162

스토리닷은 독자 여러분과 함께합니다.
책에 대한 의견이나 출간에 관심 있으신 분은 언제라도 연락주세요. 반갑게 맞이하겠습니다.